AQUARIUS

AQUARIUS

AQUARIUS

AQUARIUS

每個人心中都有一座島嶼，
藉文字呼息而靜謐，
Island，我們心靈的岸。

走動

的樹

1967-2013

黃遠雄　詩。選

走動的樹——讀黃遠雄的詩

◎李有成（中央研究院歐美研究所特聘研究員）

【一】

黃遠雄寫詩近半個世紀，不以多產取勝，精品反而居多，結集出版者至今雖僅得《致時間書》（一九九六）與《等待一棵無花果樹》（二〇〇七）二種，大略十年才有一集，不過他以自己的風格獨步詩壇，群而不黨，淡泊詩名，知道如何自我安頓，是一位備受敬重的前行代馬華現代詩人。寶瓶文化有意為這位資深馬華詩人出版其詩選集，書名《走動的樹》，並以副書名標誌此為過去四十餘年間（一九六七年至二〇一三年）詩人創作的自選集，收詩九十九首，允為截至目前為止黃遠雄詩創作精華之總匯。至於何以詩集收詩九十九首，而非完整的百首，其中分寸似有寓意。如果以百首為圓滿，九十九首不無在暗示此詩集並非詩人創作生涯的終站，只是漫漫長途中的部分重要收穫，顯然在抵達終站之前還有諸多風景可以觀賞，還有許多未知尚待開發。或許這也算是一種「抵達之謎」。

六十歲那年，黃遠雄寫了一首題為〈人在途中〉的詩，終篇時有以下的自況：「我人還在／還在／行將抵達的旅途中」。「行將抵達」表示還未抵達，前方仍有路程，在抵達之前詩途顯然尚有可為。這

些詩句語言簡潔、平淡而充滿自信，不免讓我想起美國詩人佛洛斯特（Robert Frost）在其名作〈雪夜林畔〉（ "Stopping by Woods on a Snowy Evening" ）詩末的自我期許：

> 這樹林可愛、幽暗而深邃，
> 但我還要信守某些承諾，
> 還要趕好幾哩路才安睡，
> 還要趕好幾哩路才安睡。

黃遠雄在詩集的後記〈寫詩〉中也提到〈人在途中〉一詩，並直言「凡事都各有其因緣，且看日後的造化與變數」，可見詩人對未來的創作仍然有所期待。

就詩集《走動的樹》整體而言，後記〈寫詩〉一文相當重要。文分兩大部分。第一部分所敘為黃遠雄早年習詩的經過，其中涉及的文學記憶隱然可見一九六〇和七〇年代與馬華現代詩有關的若干身影。黃遠雄說：「想起年少寫詩時，尚未摸清何謂現代派，何謂現實派，也就從未去理會什麼派別之分，純粹只是逞一己之能。那時候初寫時無人在旁指導，自己也只好瞎子摸象，暗中孤獨摸索。」這話說得實在，很能反映當時許多初履詩壇者所面對的文學環境。黃遠雄後來的發展之所以不同，主要在於他的堅持。他向來不求聞達，他的詩雖多能符合白居易在〈與元九書〉中所說的「歌詩合為事而作」的理念，但對他而言，寫詩本身便是目的。

〈寫詩〉的第二部分則在說明編選這本詩集的因緣與想法。黃遠雄

也透露了他的詩與其個人生命歷程的密切關係:「這本選集內的每一首詩,都是我個人較偏愛(雖然不一定是最滿意)的作品。每一首詩都曾經緊貼著我生命中某段記憶,能讓我回想到自己當時身在哪裡,人在做什麼,為何而寫?」黃遠雄的自剖正好點出了他的詩的自傳層面,不過他的詩在個人記憶之外往往另有指涉,尤其指涉創作當時的政治、社會或文化氛圍,所謂「個人的即政治的」,黃遠雄這本詩選不乏這樣的實例。

【二】

這個現象涉及黃遠雄詩的敘事性。二○○七年黃遠雄出版其詩集《等待一棵無花果樹》,我為這本詩集寫了兩段評介文字,印在版權頁之前,其中一段就特意強調其詩的敘事性特色。我把這段文字抄錄如下,以便進一步申說:

黃遠雄的詩敘事性強,我讀到的幾首,幾無例外,都有這種特色。〈風水〉一詩最初將靈運歸諸於「一棵充滿敵意的樹」,但詩中說話人顯然並不信邪,「從此,我裸衣而坐/敞開胸襟,坦蕩蕩/笑看浩劫從家門經過」。比較政治性的詩如〈等待修路隊伍〉則期待正義像「一支修路隊伍/轟然發動/龐大鎮壓的聲量」,中間敘寫的無不是政治上的種種險阻惡途。兩首有關無花果樹的詩也是以敘述詩中說話人與無花果樹的機緣為主,道盡其猶豫、徬徨與最終的歡欣。最富嘲諷意味的〈老樹〉一詩倒像是傳記詩,寫老樹如何懂得委屈自保,如何「接受獻議,深諳/諭令的禁忌/目擊每一個黯然的過渡/站著/不動/且超然物外」。

這樣的詩批判性強，饒富政治寓意。簡單地說，黃遠雄最好的詩無不在敘事中透露胸中壘塊。

這段文字所論僅及於當時黃遠雄寄來的數首詩，又受限於規定字數，因此舉例不多，無法暢論。我後來有機會細讀詩集《等待一棵無花果樹》，益發堅信自己的上述觀察。

黃遠雄早期的詩其實是以抒情取勝。其中有幾首抒寫親情與愛情，讀來令人動容，其他如寫於一九七〇年代與八〇年代初的〈一朵茉莉〉、〈塵埃未了〉、〈醒來時天涯依然〉、〈獨步〉、〈窗室之內外〉、〈手上的筆〉等數首，不論自勵或自抒情懷，莫不富於抒情性。試以〈手上的筆〉一詩為例。詩一開始詩中說話人就感歎創作之孤獨與寂寞，「像銹了的鐵欄杆／像被遺棄的時光／像筆尖上的墨漬」，因此說話人問：「執著的筆，還能恆持多久呢？」不過詩人顯然依舊雄心不減，立志翱翔於天地之間，要以氣吞山河之勢，揮動如椽之筆：

> 我該在怎樣的情況下
> 執筆，吮盡世間的怒濤巨捲
> 聽聽，大地還有脈搏的躍動
> 還有鷹翅的延伸
> 還有艷麗的狂飆
> 還有壯觀的河山

詩行裏以一連串的「還有」向世人宣告，詩的題材是何等廣泛多

樣，自然山川固然可以入詩，世間激情一樣適宜成篇。黃遠雄早年的詩常以鷹鳥意象自喻（如〈塵埃未了〉、〈醒來時天涯依然〉等詩），這個意象又見於〈手上的筆〉一詩。「魚入大海，鳥上青霄，不言罹網之羈絆也」，以鷹鳥自喻恐怕與黃遠雄早年亟思掙脫的現實困境與生活桎梏有關。此之所以他不時以詩自我砥礪，如〈歌〉一詩裏詩中說話人就有這樣激昂的表白：

> 年輕時，叛逆的火焰
> 可以燃燒意志化成
> 一種傲然的鋼
> 呵，我就是那陣狂飆
> 雪亮的刀
> 可以砍斷我風塵的胳膊
> 割我霜露的頭顱
> 惟不能斷我的天涯路
> 不能拂冷我莽莽
> 的奔向

〈手上的筆〉一詩雖然也同樣不乏激情，但是詩的結尾相當節制而收斂，說話人重新體認詩創作路上的孤獨與寂寞。如上所述，這種體認早見於詩的開頭部分，詩末重提自是另一番心境。這或許已是一種近乎超越知見的體悟，一種施友忠所說的「道器不分，體用一原」的「見山又是山」的二度和諧：

> ……我願
> 為自己嘗試

另闢一座窗框

　　孤獨是必然的

　　我想，嶇崎是必然的

　　不斷出發亦是

　　必然的

這些例證足以說明黃遠雄早年的詩確實重在抒情。本來詩主抒情，自古已然，這並不是什麼特例。我之所以特意從這個角度檢視黃遠雄早期的詩，因為我發現，大約自一九八〇年代以後，他的詩的敘事成分明顯大增，有些詩甚至充滿戲劇效果，相形之下，抒情性退居邊緣，在某些詩裏甚至於完全退位。這樣的轉變也影響了往後黃遠雄的詩的語言與修辭策略：他的語言趨於平淡與明朗，不難看出他在修辭上逐漸建立自信。這個階段最能具現上述特色的當屬寫於一九八一年的〈吾妻不談政治〉一詩。

〈吾妻不談政治〉一詩表面看似簡單，實則是一首相當複雜的詩。與上引諸詩不同的是，這首詩語言自然而生活化，由於不事雕文刻鏤，反而少了鑿痕，可以說是黃遠雄脫胎換骨之作。與詩題的明示相反的是，詩題只是故作姿態，表示「此地無銀三百兩」，其實這是一首暢論政治的詩，只不過詩中並未清楚指涉任何政治議題或政治事件。正因為如此，這首詩並不在表達詩人的特定政治理念或意識形態信仰。詩的政治並不等同於詩人的政治，其理自明，因此與詩人所持的政治立場或與其是否參與實際政治，乃至於是否介入現實世界中的社會、政治與文化鬥爭並無直接關係。借用法國思想家

洪希耶（Jacques Rancière）的說法，詩的政治只是暗示詩是以詩的姿態介入政治，非關詩人的政治主張或意識形態立場。不過詩也不是某種超歷史或非歷史的存在，詩是歷史當下的產物，因此不免有其指涉性。

〈吾妻不談政治〉一詩的基本結構是一場簡單的夫妻對話。這場對話透露了夫妻對政治的不同體驗，對政治操作的看法也就難免大相逕庭。詩中說話人扮演了丈夫的角色，他看待政治的方式相當直接，一點也不拐彎抹角，因此他的論證在修辭上用的是明喻（simile），他以一連串排列整齊的聲明（statements）指陳政治如何無所不在，如何界定我們的日常生活、人生活動及典章制度。

> 吾說：
> 教育是一種政治
> 宗教是一種政治
> 戰爭是一種政治
> 甚至寫一絡文字，握手
> 寒暄、擁抱、呼吸
> 都是政治……

這一節詩既在界定政治，同時也在描述人世活動與政治牽扯萬端、治絲益棼的關係——政治彷如天羅地網，罩在人的身上，生老病死，無不是政治，無不受制於政治，也無不在政治的糾葛中。

下一節寫妻子的反應相當生動，原先鋪設的情節整個兒逆轉。丈夫

那種斬釘截鐵的宣示性語言因「吾妻不語」而遭到冷淡對待。這個「不語」未必表示無言，也很可能是欲語還休，曖昧卻內容豐足。妻子在不語之餘，隨即祭出自己的拿手絕活來，對丈夫的聲明做了一番演繹與解構：

> 當吾妻將蔥片
> 擲下油鍋
> 她說：
> 蔥花是一排蓄發的地雷
> 螃蟹是列陣的坦克
> 煮炒是會議桌上喋喋不休的
> 風雲
> 若只知糾纏不清
> 如何捧弄一道
> 美餚呢？

這一節詩無一語涉及政治，詩中所敘卻是處處機鋒，無不政治。跟說話人的修辭策略大異其趣的是，在這一節詩裏，妻子多半仰賴隱喻（metaphor），也就是妻子所熟知的烹飪語言，既有食材佐料，也有烹調方法。在妻子的認知與經驗裏，政治就是廚藝，一如戰事，不論在戰場上衝鋒陷陣，或在會議室裏唇槍舌戰，其目的無非要「卻軍於談笑之際，折衝於樽俎之間」。所謂政治，不論煎炒煮炸炆燉焗烤蒸，顯然必須乾淨俐落，劍及履及，倘若抽刀斷水，推拖拉扯，恐將無濟於事，美餚也可能淪為敗筆。

換句話說，在妻子看來，丈夫對政治的高談闊論充其量只是誇誇其談，虛無空洞，言不及義。政治不只是坐而言，還必須起而行。在這一節詩裏，妻子其實是以其特有的隱喻踐行《道德經》的古典明訓：「治大國若烹小鮮。」老子早就看出政治與烹飪之間的類比關係，因此希望治國者學習烹調之術；簡單言之，政治重在實踐，重在實踐的方法。妻子言談中的隱喻不僅為老子的智慧作註解，其隱喻其實也在批判男性浮誇而乏味的宣示性語言。這已涉及語言的性別問題，試將詩中夫妻倆的語言對比，其中分際一目瞭然。這個層面雖然此處無法深究，但是〈吾妻不談政治〉顯然是一首值得就此觀點進一步探討的詩。

黃遠雄第一本詩集《致時間書》收入的詩不少完成於一九八〇年代，可是在《走動的樹》這本選集裏，這個年代的詩只有寥寥幾首，儘管其中多屬上品。〈夜訪諾頓外記文字〉寫於一九八七年，也是一首敘事性強，深具政治意涵的詩。詩題中的「諾頓」明指艾略特（T. S. Eliot）的長詩〈焚毀的諾頓〉（"Burnt Norton"），或可視為黃遠雄對這位一代詩宗的致敬。「焚毀的諾頓」是一處實際存在的莊園，位於距牛津不遠的古老鄉村聚落科茨沃爾德（the Cotswolds）。詩雖以此莊園為題，但艾略特的目的並不在寫此莊園。這首詩初見於詩集《四個四重奏》（*The Four Quartets*），數十年來各家對此詩之詮釋可說眾說紛紜，不過多半認為此詩具強烈之宗教色彩，詩中對時間頗多抽象思考，而詩人顯然把重心放在當下，以為當下的時間才能顯現神的恩典。

黃遠雄的詩與此題旨無關,諾頓在其詩中已經另有寓意:這是一座廢墟,毀於烈火,不過百廢待舉,餘燼中仍存希望,只待有心人群策群力,莊園可以再現,花可以再開,鳥可以再來,因此黃遠雄在詩末為焚毀後的諾頓留下微弱的無限生機:

> 有人來過,仍有人
> 絡繹前來,因為他們聽見
> 有一株微弱的喟歎
> 來自熊熊的火芒
> 隱隱約約
> 他們相信
> 玫瑰在裡邊盛放,鳥聲在裡邊
> 迴響不絕,尚未通行的
> 甬道上
> 不息的靈魂在那兒匿藏

最末一行詩提到的「不息的靈魂」其實應有所指,這個用詞早先曾經出現在詩的第三節中:

> 戰火排山倒海
> 而來,文化在最前線
> 為不息的靈魂祭旗

回頭看這幾行詩,整首詩的政治指涉可說昭然若揭,甚至諾頓的象徵意義也不難掌握。這些詩行的關鍵詞是「文化」,諾頓原本是一座文化堡壘,不幸毀於戰火,當然戰火只是比喻。在這場戰火中,文化首當其衝,「不息的靈魂」正是那些為捍衛文化而前仆後繼,

奮戰不已的人。詩中所說的文化當然可以泛指一般文化，但在當代馬來西亞的脈絡裏，也可以特指華人文化在政治上所遭遇的壓制與邊緣化。〈夜訪諾頓外記文字〉寫於一九八七年，正值馬來西亞政治多事之秋。這一年由於其執政黨的主要成員黨巫統爆發黨爭，馬哈迪政權風雨飄搖，岌岌可危；十月間政府又因派遣不諳華文者出任華文小學高職而引發華社抗爭，馬哈迪為化解其執政危機，極需替罪羔羊，因此政府在十月二十七日展開所謂茅草行動（Operasi Lalang），援引惡名昭彰的內部安全法大肆逮捕政黨領袖、社運分子及華教人士，整個社會——尤其是華社——一時風聲鶴唳，人人自危。以創作時間論，黃遠雄這首詩很容易讓我們聯想到馬哈迪威權統治下的白色恐怖，不過據黃遠雄私訊告知（二〇一四年七月十四日），此詩寫「在茅草行動之前，純粹是一首名詩的讀後感」。詩人如預言者，詩行間所醞釀的政治氛圍竟在冥冥之中預告了行將登場的茅草行動，當權者師心自用，整個國家一時淪為詩中所說的：「一座黑夜無邊的／夢魘樹林」。

【三】

自一九八〇年代以後，黃遠雄的詩風大抵漸趨穩定，成熟，而且不拘一格，相當自由，詩的題材也隨着他對世事體驗日深而變得繁複多元。這期間他寫下不少有關愛情、親情及鄉情的詩，諸如〈夢說〉、〈要去流浪的樹〉、〈一首止癢的詩〉、〈一直〉、〈父親的拐杖〉、〈鎮壓〉、〈不帶走一片雲彩的外祖父〉、〈返鄉之

旅〉、〈火葬場，盡頭〉等。這些詩多環繞個人或家族的際遇，從中不難發現年歲日增的詩人在心境與思想上的變化。有些詩則在個人情感之外，同時觸及外在世界的變遷，隱約透露了詩人的憂慮與批判，如寫於二〇一二年的〈返鄉之旅〉中有這麼一節：

> 倒是鑽油台，
> 這新貴，八爪魚般
> 霸踞在海面，公然點火
> 戲諸侯；過去牛羊聚居
> 的草地
> 和收割季節的田隴
> 如今已是坐擁笑聲
> 車群如妾的前院

這些詩行語帶嘲諷，不僅寫出今昔之別，緬懷失落的歲月與不復存在的鄉土，同時也慨歎生產工具與生產模式的改變對土地風貌與社經環境所造成的衝擊。這樣的詩顯然已經超越個人，而在不經意中寄託了詩人更大的胸臆與關懷。

這一類詩有的也深具歷史感或人倫意識。寫於二〇〇六年的〈父親的拐杖〉嘗試變造《山海經》裏的夸父神話，想像父子之間的世代傳承，詩中說話人一方面突出父輩所經歷的流離與憂患，另一方面則預見自己未來勢將複製上一代跋山涉水的命運：「我夸父／不悔地披上父親飽滿憂患的背影／襲承他雲遊未了／的遺志」。這無疑是一首充滿離散意識的詩。

寫於二○一二年的〈不帶走一片雲彩的外祖父〉敘述闊別四十年的外祖父如何「星月兼程跑來探望我」的經過。不過全詩的重點卻是今昔對比與城鄉差異，詩中說話人對過去顯然充滿鄉愁，一再以時空變化突出曩昔的美好豐盈：「以前／窮鄉僻壤，視野和想像可以／紙鳶般低吟高飛，不像現在／平坦，卻寸步難行」。說話人在懷舊之餘，對眼前的種種變化顯得格格不入。只是在時光流逝、世事變動之中，說話人也體認到其中仍潛存著某些不變的元素，譬如親情常在，家族血脈綿遠流長：

> 好在祖輩
> 有留下一紙藍縷篳路
> 的族譜堅守在源遠流長
> 的關隘，堵住了DNA
> 和基因的土石流，至少
> 流失的砂礫堆下，骨肉血脈仍
> 有跡可見

除此之外，黃遠雄這個階段的詩不乏對現實生活或外在世界的反應。這些詩有的借用奇喻（conceit），立意頗多巧思，讀來引人入勝。二○○二年的〈一起去流浪〉以蚤類寄生一隻癩狗之情節敘寫兩者如何學習和平共存，詩行間對這隻癩狗之堅忍、豁達與淡定頗多讚揚。詩中說話人這樣稱頌這隻癩狗：

> 以牠疲弱的體質，潰爛
> 遍體擴散未癒合
> 的癰疽，飼養如此絡繹於途的門客

體內依然暢流
　　永不言悔的鬥志

詩中所說的「鬥客」即寄生癩狗身上的蚤類。黃遠雄的野心當然不只在寫一首寓言詩而已，這首詩以寓言的形式出之，語言並不艱澀，卻又故作隱晦，捨棄直接對現實的明顯指涉，反而為讀者留下寬廣的想像空間。說話人在詩的最後一節表示，「有所必要向猥瑣的蚤類／學習如何共處一室」。這樣的自我期許其實充滿諷喻，似有所指，卻又無意明指，而且負面的意義多於正面，所謂「共處一室」恐怕也是萬般無奈的安排與選擇。擺在馬來西亞的社會現實與日常生活脈絡中，究竟何者為「猥瑣的蚤類」？又要如何向「猥瑣的蚤類」學習呢？

另一首帶有寓言意味的詩是寫於二〇〇八年的〈稻草人與他的火葬禮〉。詩中的說話人以稻草人的身分自白，喟歎「活着，每一天／都是受難日」。詩的寓意並不難解。秋收之後，稻草人完滿達成賴以存在的使命，其剩餘價值立即消失，在豐年火祭中不僅備受冷落，甚至慘遭凌遲與毀棄，因此在深感委屈之餘，他高聲抗議：「無視於我平日鞠躬盡瘁，仍落得／幾乎身首異處／鄙棄在草堆上的感受」。詩所嘗試戲劇化的無疑是過河拆橋的無情世事，所謂「飛鳥盡，良弓藏；狡兔死，走狗烹」，稻草人的批判意在言外，良有以也。黃遠雄避開直寫現實世界的人情冷暖，藉寓言婉晦諷世，用心良苦。從〈一起去流浪〉與〈稻草人與他的火葬禮〉這兩首詩不難看出，詩人最好的寓言詩多在借喻諷世，對人情義理洞若

觀火，燭照無遺。

〈稻草人與他的火葬禮〉最戲劇性的部分當在詩的第三節，黃遠雄在這一節詩裏玩性大發，突然讓說話人話鋒一轉，故作大惑不解，企圖一行一句地將諺語「壓死駱駝的最後一根稻草」細加解構，目的在重新釐清語言背後物與物之間的偶然關係。

> 席間，我的近況
> 與飄忽的體重
> 與功績
> 被刻意高估
> 冠以最後一束
> 壓倒性的榮耀，莫名
> 與千里外，一頭素昧平生
> 的駱駝，在荒腔走板
> 的沙漠
> 戲劇化勾扯上關係
> 雖然意見分歧
> 最終，還是無法倖免
> 在字裡行間畫押

這些詩行所敘其實具有陌生化的效應。透過陌生化的過程，原先理所當然的關係頓時變得不再那麼穩定，讀者被迫思考：稻草和駱駝之間為什麼會有必然關係？為什麼壓死駱駝的是這根稻草？為什麼是駱駝，而非別的動物？稻草與駱駝各有自己的世界，原本風馬牛不相及，雙雙「素昧平生」，毫無干係，結果竟「在荒腔走板／的

沙漠」中扯上關係。這一節詩敘寫世事的荒謬，原來是非曲直未必操之在我。對稻草人而言，這句諺語豈僅荒誕不經，言不成理，其中甚至潛藏著多少無法言狀的冤屈與無助，這與上一節詩裏稻草人所蒙受的無情待遇並無二致。就所敘內容而言，這兩節詩看似各有關懷，細究不難發現，實則前後互相呼應，都是在悲譴世事的荒誕無稽，一旦身陷類似的非理性當中，只能徒呼奈何。只不過傷心人別有懷抱，這種「遣悲懷」式的哀歎不知可有現實指涉？

以上的追問雖非必要，只要熟讀黃遠雄的詩，這樣的追問卻也並非無的放矢。黃遠雄的詩隱晦不在語言，尤其中年以後，他大部分的詩在語言上已能大開大闔，收放自如，若干敘事性強的詩，敘事鋪陳往往峰迴路轉，語多警世，並隱含政治或社會批評。譬如寫於二○○八年的〈今天開始〉一詩，詩題寄託希望，教人引領期待，詩收尾時卻一片警語，詩中說話人自言自語，要「上緊憂患的發條」，留心門戶，注意日常生活細節，以免因疏忽而遭殃受害。原來這竟是一首批判治安敗壞、盜匪橫行、百姓受苦的詩。近年來馬來西亞治安日劣，當權者因循無能，束手無策，但知文飾，黃遠雄這首詩批判力強，直指問題核心，毫不含糊，讀來令人心領神會。

類似的例子在詩集《等待一棵無花果樹》出版之後幾乎成為常態，諸如〈社區警衛〉、〈不得不回來〉、〈傷害〉、〈恐懼〉、〈土撥鼠〉、〈家務事〉、〈焦躁者和他的假想敵〉、〈兩張並排的單人床〉等詩，順手拈來，俯拾皆是。這些詩多饒富批判性，有些明

示，有些暗指，對略知馬來西亞近年來的政治或社會現狀的人而言，其針對性不言而喻。〈土撥鼠〉一詩第二節有詩句云：「猶如放任成群目無法紀／的暴龍過境，恣意踐踏／沿途散佈殘存的建材、沙礫」，或可描述這些詩所刻意鋪陳的政治或社會情境。又如〈恐懼〉一詩第二節藉神荼與鬱壘兩兄弟的神話，表達正邪易位、是非顛倒之無奈；因此詩中說話人有「削去印綬，解僱平日倚重／其實早已哆嗦的／荼壘」的感歎。善於抓鬼驅邪的神荼與鬱壘一去，魑魅魍魎橫行，剩下的就是「涎皮賴臉／人多勢眾的暴戾與肆虐」。所謂「陟罰臧否，在其一言」，這樣的筆法字斟句酌，很難教人相信這是空穴來風，無病呻吟。

這裏再舉〈家務事〉一詩為例。詩以家庭瑣事為障，實則意有所指，其目標對準的卻是國家大事。詩將「孤獨」與「寂寞」二者擬人化，以之扮演家中傭人的角色。詩敘女主人外出，行前多方囑咐，要詩中說話人所飾的男主人在她返家前處理若干日常家務，諸如：

> 每一扇落地窗簾
> 都必須換上新裝
> 要拭淨室內每片長青樹
> 稚氣的臉龐；要按時
> 餵飽餓了好多天
> 的洗衣機

只是「孤獨」與「寂寞」皆習於敷衍塞責，懶散成性，任務可能無法達成。這一節詩所列舉的家務事多屬例常工作，只要稍稍認真負

責，沒有無法完成的道理。可悲而又可議的是，「孤獨」與「寂寞」耽於玩樂，專事吹拍，卻無心於自己份內的事。黃遠雄這種寓言式的寫法，顯然不只限於敘寫家事。詩人雖然可以無須明說，讀者卻不能不深加意會，弦外之音，令人莞爾。

到了詩的最後一節，整首詩的題旨可說宣露無遺：

> 可能會有一輪
> 催淚彈式的煙硝過境
> 可能只是一陣淨盟式
> 蜻蜓點水的靜坐
> 陰霾，會很快地過去
> 都會很快地過去
> 這數十年來我
> 就是
> 這般耍賴地混過來的

這一節詩第三行提到的「淨盟」成立於二〇〇六年底，為馬來西亞的非政府組織乾淨與公平選舉聯盟的簡稱（或稱Bersih）。「淨盟」成立之後曾經數次舉行和平集會，呼籲政府改革選舉制度，重劃選區，改善選務機構，革新選舉機制，以實現乾淨公平的選舉。只是多年來當權者蠻橫不為所動，甚至不時將和平抗議者拘捕下獄。就此而言，這個指涉使整首詩的格局明顯擴大，再也無法故作無辜，詩人心繫的更不可能只局限於家庭瑣事。說話人對疏忽任務、荒廢工作毫不在意，一心只想掩飾遮蓋，或者以為只要稍稍應付，批評

與抗議都會過去，最後船過水無痕，日子照過。這一節詩裏有兩行詩近乎重複：「會很快地過去／都會很快地過去」。博赫斯（Jorge Luis Borges）曾在《詩藝》（*This Craft of Verses*）一書中談到我上引的佛洛斯特的〈雪夜林畔〉一詩，他認為最後兩行詩句雖屬重複，含意卻大不相同：第一句是空間的，指實際的空間里程；第二句則是時間的，指隱喻上的時間距離，因此動詞「安睡」也暗示人生旅途的終點──死亡。回頭看黃遠雄的〈家務事〉最後一節的重疊句，其實也有類似的效應。第一句表示「陰霾」只是短暫的現象，轉眼間就會消失；第二句多了個「都」字，承上一句使「陰霾」的意義更形繁複，包括任何批評、質疑及挑戰等。這兩句詩行雖然前後重疊，意義卻顯然略有調整。

〈家務事〉一詩最精彩的部分當屬最後一節的最後三行詩。這三行詩語言平淡自然，連接起來甚至彷如散文句子，不過卻是力道極重的詩行。詩人之前既以指涉「淨盟」暗示這首詩的政治意涵，最後這三行詩的政治性聯想已無可避免。熟知馬來西亞的政治與社會現況的人可能要問：詩中說話人的「我」是誰？過去數十年是哪些人「這般耍賴地混過來的」？是哪個政黨？哪個政權？何以在千夫所指之下，這些人、這個政黨，以及這個政權可以依然故我，為所欲為？類似的疑問所在多是。這是黃遠雄以詩論政的特色：這一類詩不在提供答案，其效應往往在激發讀者的想像與疑惑。而且幾無例外，這樣的詩所指涉的就是黃遠雄賴以安身立命的現實時空。葡萄牙諾貝爾文學獎得主薩拉馬戈（José Saramago）在其晚年出版的

《筆記本》（*The Notebook*）一書中，有一則札記（二〇〇九年五月十九日）專談烏拉圭詩人貝內德蒂（Mario Benedetti），在他看來，貝內德蒂短短數句詩所要表達的，往往比官方所看到的還要豐足。黃遠雄這幾行詩是另一個明證。

【四】

這本詩選書名《走動的樹》其實是取自黃遠雄早年一首同名的自況的詩，詩題〈走動的樹〉本身顯然故意訴諸矛盾修辭法（oxymoron）。這首詩隱含掙脫束縛、追求自由的欲望，對未來與未知充滿了嚮往與想像。樹根植於土地，萬無走動的道理，這是有違自然法則的。正因為如此，這首詩利用這種矛盾現象將希望寄託於奇蹟：「希望殘墟的視線裡／有一座奇蹟／屹然出現」。另一首寫於一九九九年的〈要去流浪的樹〉，用的也是類似的修辭法。在這首距〈走動的樹〉十餘年後完成的詩裏，我們看到的是另一幅令人心酸的悲慘景象：奇蹟不見，希望幻滅，樹在「離開成長的盆地／離開庇護的溫床」多年之後，有一天「拎著殘存的鬚根／划著單薄的浮萍」回到樹林故土。詩的最後一節雖然只有短短四行，卻充滿了戲劇性與震撼力：

> 所有的樹
> 被當前的景物
> 掩臉，震撼
> 大聲痛哭

這幾行詩自身俱足，不寫迷途知返的樹，卻回頭狀寫眾樹對眼前景象的自然反應：可以想像整座樹林一時之間一片哀嚎，哭聲震天，聞者心痛。

我引用這兩首詩目的不在論證黃遠雄這十餘年間心境的變化，我的興趣在於詩中樹的意象。如上所述，樹在土地生根，茁長，不過在黃遠雄的詩的想像世界裏，樹不能自囿於自己生長的土地，樹必須外求，必須出走，必須尋找新的樹林，體驗新的生活，開拓新的世界。黃遠雄最好的詩除了語言鮮活之外，不論敘寫愛情、親情、鄉情、土地之情，或者家國之情，無不根植於現實世界與生活土壤。他的許多詩所透露的關懷始終緊扣馬來西亞的現實，不過這些關懷又不全然囿於馬來西亞的時空，放大來看，其實還涉及普遍的人的生存處境。尤其黃遠雄中年以後的詩，這個現象相當常見。

在《走動的樹》這本詩選集所收的九十九首詩中，我們看到黃遠雄四、五十年來在詩創作上不同階段的轉變，只是萬變不離其宗，他的詩不論抒寫個人或者敘寫集體，無不指向詩本身之為事件的現象，之為語言活動的歷史經驗。這篇文字顯然遠遠踰越序文的文類規範，在細讀黃遠雄大部分的詩作之餘，我嘗試藉由遠觀近看，較全面地考察他的詩的成就，即使如此，這篇序文所能討論的詩作數量畢竟有限。不過縱使以管窺豹，我希望這篇文字仍然有助於打開黃遠雄數十年來經之營之的詩的世界。

黃遠雄念舊，多次在詩文中提到我們年輕時認交的經過。近半個世紀之後，我有機會以讀者兼老友的身分為他的詩選集寫序，除了因緣之外，主要還是因為他數十年來對詩的堅持。二〇〇七年，黃遠雄出版詩集《等待一棵無花果樹》，張錦忠在題為〈與遠雄同行，繼續〉的序文中，讚揚黃遠雄為「以華文書寫的華裔馬來西亞詩人繼續寫下去的典範光源」，顯然並非過譽。

二〇一四年七月二十七日於臺北
二〇一五年七月二十五日修訂

孤獨的意志

◎焦桐（作家、「二魚文化」創辦人）

從前雖然常去馬來西亞，卻初次閱讀黃遠雄，讀其詩，覺得說話者的身段甚低；揣測其人，猜想是儒雅正直的君子，又透露和而不群、堅定的性格。我一下子就被他的藝術說服了：「那個女孩／敲響我心／穆然的寺廟」。其作品境界相當完善，呈現獨立自足的小天地，返照人生世相。

他的詩很老實，深情，自然，不炫技，不賣弄，有一種慤厚的表情，誠懇的聲音。大部分的詩作皆控制在一定的長度，敘述沈穩，含蓄，隱喻和象徵顯得自然而貼切。

整本詩集率皆維持著一定的抒情基調，關懷的向度相當遼闊，有情詩，也不乏政治詩，雖則金剛怒目，仍表現出敦厚的詩質，有效將情感和思想結構出悟境。

黃遠雄辛勤耕耘，自喻是「一束永不言倦的浪」。詩是一條寂寞的遠路，準備遠行的人須抱著孤獨的決心。我欣賞他在詩途上那種孤獨的意志：「孤獨是必然的／我想，嶇崎是必然的／不斷出發亦是／必然的」。

〈渡河者〉

茫然中，村落寥散地遠去

古老的夜，如老人

困瘠的臉色

帶著吠聲，且荊棘，且蹣跚地渡河而來

濃霧四起

戳透心涼

的暗流

這一條河

星光錯亂地激在兩岸

1967年

02
〈氣象臺和妳的〉

某些形態
印象
有畸形的
刺蝟的
有模糊的
博物院的
有不修邊幅的
那座氣象臺
是我

一種氣候
喜怒無常的
很有分量的
是妳的

1970年

〈母親〉

路呵路，迴折深蔭千百轉
母親您看
那座樹林，那疊山巒
千里外仍有風雨，呵母親
西樓小燈更冷更凜

月臺上的叮噹叮噹響去
什麼時候我叮噹回來
呵母親，月臺上不會再站著
一個、兩個您，呵母親
那夜風，那夜雨
鐫刻我終身難忘

呵，母親呵母親
母親呵母親……

1971年

04
〈那女孩〉

是那個女孩
敲響我心
穆然的寺廟

每個鴿晨，一束樸素
花的名字
一封永遠藍空的呼吸
在我深沉而晦暗的
臉面綻開
一種自然的芬芳

而我從來沒有失望
每個深夜
是那個女孩與她的美麗
在我不言的夢中
蝴蝶起來

1971年

〈息羽〉

那種迤邐的聲音不絕

在十丈之外，黃昏像一座

峭壁直落向浪花的那種嶽然

那種暮鼓，那種潮汐；劃過髮波

要保持一刻寧靜已不可能

如果這樣，帶著狂濤回去

大鴉那種森林的隙縫

那種傲骨

不甘於宿命那種

迴旋的叩響已不可能

像餐布上那種鬱鬱的暮年

如果這樣，我把餘暉像浪花

灑在沙灘上，在瞬間

那落紅的血

像一支飛來的火炬

自光的破縫中伸出

意念地燃亮每一顆髮際的星

我們已不可能回到記憶中那種

山色；那種雲色

已非單薄的暮靄

因此我們慵倦了還要歌唱：

人啊，吃海的人

海啊，吃人的海

我們始終會息羽在那峭壁之上

1970年

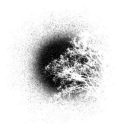

06
〈今年雨季〉

居然有人牽引雨季
在我家大門
騷擾守夜的亂吠

我家大門緊閉，沒有對絕唱的對聯
也沒有喊破了喉嚨
依然不肯睜眼
瞧你一眼的神座

母親不燃香，不祭鬼神；母親只知道
亞士比羅藥片與手中的
針線
可以繡出明日的巍峨

而今，雨季從五百哩外趕來
在我蹺腳的黃昏
一封信，我如此強烈地感受
我的母親
今年雨季過後，依然做牛、做馬

1972年

07
〈左眼的不眠夜〉

只有慣竊的鼠類

最愛偷窺別人的祕密

牠沒有情人

甚至咬嘴巴的機會都沒有

牠只有嚼夜

臘味的夜

只有慣竊的鼠類知道

有一座不眠夜

在我左眼

張著壁虎般冰冷的霓虹

像兩扇涼透的微醉

微醒

每次每次，只有親愛的鼠類知道

足聲潮退的午夜

有一株年華的病痛

哮喘得很厲害

在我不眠的左眼

1973年

〈走動的樹〉

我已身化，在異域
滿髮飛揚的陽光
一樹，撐著靈思的猙獰

從一條古老的上游
從祕暗的淺灘
一種獨步的癮，一種狂傲
各割據我半壁
日蝕的臉面

然而，我恆在走動
每次走動
希望殘墟的視線裡
有一座奇蹟
屹然出現

每次回首，每次
總有一座城市
在跋扈的塵囂中
焚燒起來

1973年

〈一首歌〉

一杯淡水，機械地
在類似的事件中
複製生活
然後，一支可口可樂或者七喜
一枚硬幣
換取一客慵倦的音樂
我突想起
某人流浪在異域
同樣一首歌
卻有兩種感懷

仰首，霓虹、煙霧
嫣然披上一衣
孤獨，在我雙肩雙眸
我無意再歌
亦無意再聆
飛揚在塵囂中的蹄聲
任它遠去
任它在記憶中遠去

同樣的，在每一座城
我習慣遺下一首
歌，無關自己心愛不心愛的
他日
若我回首
好歹有個獨歌獨酌
的去處

1974年

10
〈歌〉

莫非龍門前的鯉躍

是風暴之前朝向明日的

一種選擇

年輕時，叛逆的火焰

可以燃燒意志化成

一種傲然的鋼

呵，我就是那陣狂飆

雪亮的刀

可以砍斷我風塵的胳膊

割我霜露的頭顱

惟不能斷我的天涯路

不能拂冷我莽莽

的奔向

因此我歌著

且快樂且痛苦地歌著：

有一種聲音，來自狂飆的午夜

我理智的獸

接受自己受傷的數次

拐了一隻腳

仍能自信

在冷靜的追索中
尋回自己的血跡
即使回到幽暗的窖室
我的眼睛
仍能射擊

1977年

11
〈一朵茉莉〉

正如我手中的一朵茉莉

詩魂已萎落

我該悲慟的嗎？我不知道

我該不該悲慟，或者

我該慶幸

我棄之一如一束失去芬芳的髮

我視之一如浪花之跡

無以椾戀

就這樣地黃昏了

最後一株寧靜的綠下土的剎那

我竟身在弔亡的行列中

看殯車蠕動

而苦澀的笑聲中

仰空，風不再是茉莉花的氣味

一種最火爆的酒精

在我腹內

翻滾成千瀑

一種快感

在瘋狂的貪婪下

臻至最高潮的

跋扈

人事與職權的衝突

我是經緯儀下一枚錘針

旋足威力

擲出

流矢射向明日

1977年

12
〈塵埃未了〉

莫非塵埃未了

卻教軋軋機械翻滾

疊疊山青

傾覆，聲聲長嘶悲噑

驚醒我金黃色的

一場夢魘，一捏冷汗

在瑣碎的統計數目字裡

潑濺

化成折了翅的蝴蝶

隻隻遁入

土木

呵給我一支七喜，要冰冷的

呵給我一幅藍圖

讓我熟悉每一吋形勢

讓我誦讀每一座星子的座落

讓我鑑識風向

在莽莽的未來裡

我始終要教命運改道

逆境繞行

不必去冷眼窺透

每一座鋼骨水泥的日出日落

每一座前程的磐石

從我挪移的第一步數起

一路堆砌下去

一路浩浩蕩蕩下去

一路

壯觀下去

不必那經緯儀、千百度裡

尋覓每一片爛燦的燈火

追嗅每一吋潮濕和霧的

足跡

我的野簿裡記錄的

只是：

來自空曠大漠

一隻愛盤桓的鷹

牠的體能，衝刺力

眼力、腰力

以及情緒的反應

和那不按牌理的

大氣壓

呵行色匆匆
行色的背囊未全然卸下
卻見風沙
又起

1977年

13
〈醒來時天涯依然〉

可曾聽見我的腳步

急急奔過，在狂飆的巍峨裡

景色的殘餚仍遺棄在我貪婪的

感官裡。狂歡是夢魘

醒來時

天涯依然是一幅艷麗的色彩

縱然灌我以

大量的酒精

僅能在我心中

激起一場小小又美麗的風暴

縱然是一陣豪雨

亦不能拂熄我全速的沸騰

我是一束永不言倦的

浪。當眾山緘默，為一顆不幸的

殞星哀傷之際，一聲長嘯

我已是振奮的雙翅

聽不見兩岸的猿

桎梏的昨日

1978年

14

〈歉疚〉

你始終逼視我，如芥癬
在三十三轉長壽唱碟似的
一座迴旋椅上，對於你
時間，以及樹木、流沙
甚至我自己，我是有一份
顫悸的歉疚；對於生命
我從未如此刻薄
然而，只要我笑聲未歇
我魂未死，你仍是失敗者

歌仍然由唱碟的漩渦裡
激濺成一幅年少的山水
任你鎮守萬重的絕崖
轟然削立，且措施壓力
不讓塵囂翻滾；不讓巖巒
疊成敦煌；不讓棘荊黛青
向未來。千年之後，萬年
之後，你依舊是那股激進
的巨捲，鼓動無垠的翅翼
無形地攫殺，千噚之下
追舐我的血跡；在凜冽的

夜裡，以火的貪婪，聆聽
我骨骼碎裂的聲音，濺瀉
成一幅陽關古道。我寧可
化為流動的沙土，抖擻
無數的景色，捲起千道
綠濤，與你對峙

我崢嶸的笑聲，漫佈星空
仍呼嘯著豹般的狡黠
捉弄你的慵倦

芥癬始終成樹，於大空間
托蔭，恆撐我的憩息
在我有生之年，你始終
逼視著我。因此，你毋須
緊張對峙；因此，對於你
時間、以及樹木、流沙
甚至我自己，我是有一份
不甘雌伏的歉疚

1978年

15

〈行色〉

自不同城市
我們見到不同人物
自一張簡單的星圖
我們見到激奮的事蹟
站在不同角度
不需要激辯位置的座落
巖巒，河流，樹木
甚至語言，思想
最終不過一輪軌跡
一綹文字
至少在不同的時間
我們可以靜觀更多時速
在冷與熱的空間
層疊著行色
衣著、面貌、體態
與年齡擦肩
性格在塵埃裡打樁
撐頂著晨曦浪漫一隅
與愛情吻合
當有人憂思
苛渴更盈滿的未來

在千慮的鏡框下

分析每一個夢

經營每一幅藍圖

如何在演繹中推算一個

更完整的縱橫線

我們卻不

我們相信太陽也有滅亡的一天

我們相信

每一秒鐘內

都有死亡與誕生

時勢可以浮沉

命運可以改道

當煙火冷卻

我們不需要太執著

1979年

走動 的樹 *58*

16

〈獨步〉

是狂飆的聲音
拱托我性格的壁爐
是巖巒的巍峨
磅礴我足趷的起落
我非出色的舞者，不在乎
迷失音律的尷尬
時而，我蹲伏
像一頭冷靜待渡的獸
守著堤岸的不眠，不在乎
波濤洶湧層疊
待火炬的夜燃盡了頭
黎明初霽，我吼然立身
展示自己鐵蒺藜的粗獷
但完整的所以然

即使命運安排在向隅的
角落，背著時空
讀著日蝕，我之來此
我駐此
在心頭，必有所思

必有情
必有慾

1979年

17
〈窗室之內外〉

我委實有點懨倦了
就讓我在如此水藻的音樂中沐浴
就讓我歸去
歸去浸浴在愛情的窗檻內
暫且擱淺風雨在籬網外
我委實需要一些時間
洗淨每一吋傷跡
以自己的舌尖
舐自己的體味

我的神經樞一直處於備戰狀態
我的行囊壯色
一直擱在手到取來之處
我的門扉虛掩
我的窗框清澈
我的耳廓豎著
我一直以感覺觸摸一沙一石的驚悸
惟我閉目假寐
我的身體躺臥
音樂不為甚麼地流蕩著

如果可能，請代我轉告

室外的陽光

不要鬆弛自己的步伐

若要風沙崛起

鮮明的旗幟就必須恆峙著

且一切要循序如昔

當我重來

我仍是最佳的接力手

1979年

18

〈愛情1〉

——致素珍

若我能從一封強烈粗獷
而又揉合茉莉般氣息的
信箋文字中躍出，該是
多麼美好的事，像一座
奇蹟，期待中許多驚喜
突然初霽而妳又來不及
驚訝的剎那，我已真真

實實走出，且把全部的
目光注視於妳，牽引妳
美麗蝶翅般的靈犀走進
妳我共同建築天長地久
的水平線上，一起翱翔
突破那種俯瞰式的雲層

轉換
人間

1980年

19

〈手上的筆〉

孤獨是身後事

即使我已擁有足夠的風光

旖旎的海岸

我想，寂寞是必然的

像銹了的鐵欄杆

像被遺棄的時光

像筆尖上的墨漬

黑山白水，盡是

文字香火的一縷延續

而我，什麼也不是

像手上、此刻我執著

的筆，還能恆持多久呢？

我不知道。浪頭的慾

再高再魘，不是

花能解語石能言

就能詮釋如此簡單的

一回事；問題只是在

我該在怎樣的情況下

執筆，吮盡世間的怒漩巨捲

聽聽，大地還有脈搏的躍動

還有鷹翅的延伸

還有艷麗的狂飆

還有壯觀的河山

而天下的寂寞

自古無人能澆醒

像一雙沙場疲憊

歸來的眼睛，我願

為自己嘗試

另闢一座窗框

孤獨是必然的

我想，嶇崎是必然的

不斷出發亦是

必然的

1980年

20

〈吾妻不談政治〉

吾妻不談政治
她只感興趣於烹飪
如何調理我胃口
饑渴的街巷
依時安頓我的行囊

吾說：
教育是一種政治
宗教是一種政治
戰爭是一種政治
甚至寫一綹文字，握手
寒暄、擁抱、呼吸
都是政治……
………………
吾妻不語

當吾妻將蔥片
擲下油鍋
她說：
蔥花是一排蓄發的地雷
螃蟹是列陣的坦克

煮炒是會議桌上喋喋不休的
風雲
若只知糾纏不清
如何捧弄一道
美餚呢？

吾遂不語
沉思像沉默中凝結的鐘乳石
恍悟中
生活之網已洶湧張開
吾人皆是
政治氛圍下一隻隻
迷失自己的
失魂魚

1981年

21

〈夜訪諾頓外記文字〉

午夜從焚毀的諾頓
回來，捻暗眼前最後一盞
燈，讓心頭顫動的靈思
貫穿另一座黑夜無邊的
夢魘樹林，追嗅
趨向平靜之前
玫瑰與鳥聲
·幾瓣記載的
文字

隔著窗，把魑魅的
夜驅逐在外，沉思靜坐
全孤的黑暗中
透視內心膨脹的
欲望，揣摩一石一沙礫隱祕的
暗語

而寂靜的窗外
彷彿有風雨
在遠方詛咒
戰火排山倒海

而來，文化在最前線

為不息的靈魂祭旗

未斷奶的，在槍械墜地

之後仍死抓著

豐盈的乳香不放

袍衣空舞，貫穿彈火

雨林中，墜地猶若一封封

斷了天涯

欲寄不能

焦黃灼味的家書

火在那兒焚燒

火在那兒焚燒

諾頓這座廢墟

有人來過，仍有人

絡繹前來，因為他們聽見

有一株微弱的喟歎

來自熊熊的火芒

隱隱約約

他們相信

玫瑰在裡邊盛放，鳥聲在裡邊

迴響不絕，尚未通行的
甬道上
不息的靈魂在那兒匿藏

1987年

22

〈愛情2〉

時間燃燒

一種流竄的

暗夜。八年後的今天

請再讀我給妳寫的

詩；如果文字不能

揣摩的，就讓眼睛

逡巡對方的心意

如果我能再為妳

建築另一座城

妳我共座值此

風凜夜涼的

樓臺上

並邀來明月

擊筑的酒興

能讓我沸騰的

愛，依然是

妳最親暱的

小名

1987年

23

〈河的構思〉

這不是怡情的窗櫺

誰都不想走上極端

像街頭群眾的抗議

你看我，妥協地

臉向大自然依歸

不回首，不把性格

流露，不把戀情

向你

緩緩細訴

探首

誰不想在那峻巒的顛簸上

行走，然後在索橋的臂膀裡

飛瀑墜下

考古，是思源的另一種

積極的情愫

尤其在月滿之夜

吮盡滿腹之慾

壓制不住的高漲

打翻一鐔鐔洶湧的暗夜

吵醒鰥孤的自己

鞭促魚蝦著鞋
上岸走一段路

這的確不是怡情的構思
誰都不想最後走上極端
當內心澎湃，形態
難於橋度，揣摩
難於充分表現
我希望你
能瞭解我的委屈
處境令我難堪
更何況不定型的風向
盡可能的情況下
我願將此戀情
向你
緩緩細訴

1987年

〈驛站〉

一天醒來
白鳥撲翅
掠過，一枚青澀
千瘡百孔的果
跌墜硬殼地面
感歎聲音

有人來過

是這座陳年打盹的
憩亭
阻礙了去路？抑或
所有的路
來去間
皆有不能跨越的
一道
驛站

誰來過？即使是
一枚氣急敗壞
的青果

也請將清晰的
臉龐
遺下

1987年

〈路〉

走了這麼多年的路
最後又回到最初的起點
翻越了山山水水
之後，才開始跋涉
才開始領悟
歲月背後
有一道孤寂的甬道

一條路，直直走下去

1989年

〈夢魘〉

風裡，我走著
沿著前半生熟悉的街巷
來至敗落的舊居
兩扇門敞開
大白天
裡面坐著一個

夜夜
它從五佰哩外飛來
舌舐著我無助的驚怵

夜夜
它從五佰哩外飛來
搖撼著每一座月黑風高

我走進去
直上腐朽不堪的樓板
來到塵封的床緣
俯身，企圖抱起
欲喊，喊不出
四肢顫顫抖抖

一具瑟縮的
童年

黑暗中颳出一陣
冷冽刺骨的狂飆，我敗絮般
捲出窗外
夢裡，我走著
沿著前半生熟悉的街巷
來到傾毀的舊居
兩扇門敞開
大白天
裡面坐著一個

1990年

走動 的樹　　*78*

27

〈柔佛古廟〉

到底蒙塵的橫匾想說些什麼

到底積弱的豎柱想說些什麼

到底百年來頻仍北望

煙癮積深而嗆咳不止的窗檻

想說些什麼？遷徙南移

迄今仍無盡綴網捕捉歲月

匿身在陰暗一隅的

老蜘蛛想說些什麼

什麼也沒聽見

什麼也沒聽見

只見兩面夾攻

從後包抄而來的打樁機

此起彼落

日夕輾轉難寢

不知誰在廟宇內膜拜

風起雲湧的煙熏

刺激鼻腔而按捺不住的爐灶

連聲打噴嚏

清澈迴響

驚動了四周守望的猛犬

風聲傳開
倒是棲息在與古廟同齡的
老樹上的鳥雀有話要說；
終年擁眾喧鬧，平日連大門
都不多瞧一眼的繁華
與喋喋的足跫
亦有話說

1990年

〈之後消失〉

在決定放緩所有的時速之後
時間，此刻我再執筆
給你寫這封信
之後，我將消失在洶湧的人潮裡
不再堅持，站在最前端的
淺灘上
作無謂的猖吠
或者衝刺

我是多麼在意，時間
像你一樣，曾經那麼在意形象
例如奮鬥，對峙，叛逆
一雙顫顫抖抖的手
一顆戰戰兢兢的心
無數次捏造和摧毀
在一次酗酒狂歡之後
才驀醒
所有的經驗，皆被假象蒙蔽
所有的狂熱，竟成了陪葬品
我不得不放棄抗拒
不得不迭更

生活的姿態
或者妥協

所有的憤怒冷卻之後
轉化為一塚無奈的灰燼
關於這封信，執筆的動機
只想向你詮釋
我選擇消失
放棄孤立的心態
以及放緩所有時速之後
如何為自己，開啟
另一座門扉，如何卸下
內心一座一座不欲回首的
月臺

我是那麼倦於浪跡天涯
我是那麼倦於重複演繹
獨醒的角色。當所有的信念
轉化為無奈的灰燼
我引身而退，像崩塌的建築
追隨硝飛煙滅

如果懷念

像當年強烈的對峙，時間

就地颳起呼喚的狂飆吧

讓飛沙走石

拍打我行將僵化所有

記憶的窗檻與城牆上

敲醒我痺痛的傷口

我將在山的另一端

最高的峭壁上

向你擊掌

致意

1994年

〈北望〉

當年局促狹長的街道

猶抱怨不能讓我全速

展翅騰起的上空

如今，不是正翱翔著年輕後起

許多脫繭而出漫天飛來的驕傲嗎？

我棲居在蒼郁茂盛的南方

卻有候鳥不盡的惆悵

常因突變的寒熱巨流

壓翅低飛

因氣候

迭更行程

1994年

〈寫詩〉

我寫一首詩
希望有一位傾訴的對象
像牆壁上的長短針
的的達達輾轉著
如果你有心
你將明白我在隱喻什麼

我不能永遠坐像一座山
我不能永遠是一束不凋的浪
我會躺臥下來
讓後來的同好信步跨過
即使我是崎嶇顛簸的
最終亦會平坦下來
如果我繼續寫詩
無法有一位傾訴的對象
我迴避，讓後來的時間
不停輾轉我囁嚅的足跡
流動成一座無言
的沙丘

1994年

31
〈牆背後冷冷的動機〉

當我發覺

有一種「動機」砌成的牆影

前後左右緊隨我的步伐

我開始被激怒

沸騰的血，不斷燃燒

但燃燒之後

「動機」是否從此消失

我原以為赤誠與坦蕩

戰戰兢兢，可以

贖回自己；其實不然

疏忽的心態被刻意扭曲

慚愧無地自容，意願解體

移植成盤景內身不由己

的殘缺，一隻退守向隅的困獸

跌坐茫然，我是

我原以為，在自由呼吸的天空

我是參天巨樹

有撲鷹搏虎的胸襟

張臂，撐托一隅蔭涼

任鳥雀棲身，「動機」蟄伏

不因鳥雀啁啾而聳容

卻因鳥雀啁啾而釋懷

其實不然，所謂貪婪

再厚密的葉片，亦不能

掩蓋他的意圖，亦不能

收斂他的銳氣

我惟有閃身入林

匿藏茂密的樹林內

因為我知道

他要的不是一棵樹

他要的是

整座我心儀的

樹林，一起毀滅

我的，甚至他的

1994年

〈文字同行〉

漸行漸遠，我想起了「湮沒」
極目望去，我想起了「荒涼」
這些文字都與時間無關
但它們曾經走過風景
走過時間，走過我
相遇相知而後
成了日夜
成了我們

曾經與文字相攜的
再落拓，心中還有一絡纏綿
與時間，靈犀暗通

「湮沒」是步過的足跡
「荒涼」是劫後的舉目
筆握在手中，時間就在你身側
文字攤開
另一匹
未誌歸期的旅程

1999年

〈夢說〉

剛剛

我人還在新山鬧市蹓躂

一轉身，躥進了高打峇魯

熟悉的街道，在某茶樓

正與二、三位素昧平生但自稱遠道而來的

中國親友握手寒暄

聚首密斟，話題圍繞祖宅

正樑腐朽經年，破舊立新之必要

或遷移門柱，或葺修

或增添氣象

以期子孫後代香火鼎盛之必要

……

抬眼，老爸不知何時

神通廣大，身已坐暖席間

喃喃訴說離鄉數十載，窮盡一生

無法完成北歸的宿願

手中握著幾頁殘缺家書

有一句、沒一句地

唸及祖家還有一位

八十餘歲盲目猶健在

白髮稀落的老祖母
無人側侍
忽然，悲慟大哭

這一哭，夢跟著也被吵醒了
定神一看
老爸悄然走了
中國親友也走了
茶樓隱去
街道也失去了蹤影
我獨坐在無助的孤黑裡
想及老爸此刻孤伶伶地蹂縮在
森冷的骨甕裡
已幾近十年
他北歸的遺憾
已無法成行

1999年

34

〈風水〉

關於仰觀天文，俯察地理
關於風水，關於氣勢
他說乘風而散，界水而止
因此家居，因此形勢
因此生活，因此運程
他一一刀戮劍挑
直到他戟指落在不遠處
我近年來的滯運
其中罪魁禍首已呼之欲出
隱隱可見

據說那是一棵充滿敵意的樹
披頭散髮，槎枒縱橫
有萬箭待發之勢
風起處，發出魔咒般的椰響
正正中中
直指我家大門
直指肺腑

他贈我
一把除妖的桃木劍
一臺鎮邪的八卦鏡

一樽降魔的葫蘆
一道去根斷筋的毒鳩
或任選其一

我婉拒他的好意
大門不動一草一木
居宅不陰，花草無罪
我動土不向鬼神請示
我不卜而居
禍害由我招惹
災難自然來
與人無尤

從此，我裸衣而坐
敞開胸襟，坦蕩蕩
笑看浩劫從家門經過
笑看興衰進出
笑看人物遷徙
笑看天地

1999年

35

〈樹總是〉

樹從不婉勸我遠離

挑戰太陽這樁

毫無意義的

街頭事業；樹總是

簡簡單單地

以單薄的枝臂與葉網

棚建一座蔭涼

供我

療傷的風景

樹總是，默默守護著

自己的根；根在

樹在

無論我走得多麼遙遠

把傷跡留下

樹料理

1999年

36

〈前半生回憶錄〉

因為性格唐突
才有猖急的心事
因為臉龐瑕疵
才有掩飾的文字
因為餘情未了
才有蟠龍回首的今日

我忠於自己的原則
默默面對時間的剽竊
我忠於自己的操守
疏忽整座事實的感受
我忠於自己的職責
直戮時勢未癒合的傷口
我忠於自己的信仰
放大自戀的情愫

因此,我撰寫
前半生回憶錄之
必要,時間側侍
歷史旁敲側擊
感觸抽離一段時空,摹擬

情緒操刀

雕琢痕跡隱隱

可見

1999年

〈要去流浪的樹〉

因為樹林太濃密

他找不到自己

的身影

他開始嚷著

要去流浪

離開成長的盆地

離開庇護的溫床

他回首

祖輩擁有的每一具輝煌

都是躺著

排列的

骸骨

有一棵樹

拎著殘存的鬚根

划著單薄的浮萍

自寒噤的河域

回來

所有的樹
被當前的景物
掩臉，震撼
大聲痛哭

1999年

〈蜂螫〉

在既有廢置的遺址上
補葺與修飾巧然交替進行
且不動聲色旁敲側擊
晦暗之外徘徊覬覦的
動機與體積

整頓重建運作
零星游擊，且不按程序
旁若無人地與沿途
叫賣春色的魑魅耳鬢廝磨
作短暫親暱溫存，棲息
無非只是一時
權宜按兵不動掩覆的煙霧
他深信：

攻擊仍然是當前最佳的防禦

他暗中啟動
額際緊嵌
超薄，輕盈翅翼
比避雷針更具敏感

袖珍型的
觸鬚
噏動的偵察器材

隔牆或有潛伏多時的螻蟻，抑或
頻頻叫陣的兵燹

蜂，僅此一家獨營
其餘
非我族類，甚至無謂的養蜂人
皆有必要：
劃清界線

2000年

39

〈讀夜或者夜讀〉

確定所有渾然沉睡的獸骭

各自平和有序地回至自己

屬意的夢穴

我合上扉頁

讓清冽的星光躡足繞過

地陷的護城河

隨心靈悸動的樹林

湧現天際

捻暗燈火

把情緒鉸回

抵達籬牆最初的那刻

面對自己，我不經意地

展露獠牙

享受一輪漱刷後

想像齒縫間殘存的意淫

陣陣咀嚼後的隱痛

蹂躪般的快感

帶出血絲

甜甜，且一縱而逝

竊喜
如鼠

2000年

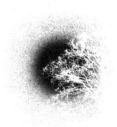

40

〈星空下的塵埃〉

眼看完工的建築物

一海火樹銀花

盛裝著亮麗喧鬧的喜悅

天色還來不及轉暗

移交儀式過後

作為諭令

最後撤離現場的跫音

我原想踮起腳尖

在無人察覺的後巷

悄然離開

原不想驚動風月

不想不想此刻

竟揚起騰空的塵埃

我原想歸咎於

魯莽成性的靴鞋

但念及

他追隨我東征西討經年

從無一句怨言

我原想遷怒於

放浪的風
但若非是他
塵埃不揚
三十年來吞嚥的人人物物
何處
才有我演繹的今日

上天又何曾薄我
隔著一陣淒迷的塵埃
像隔著一座海峽的漁火
在顛簸與輾轉中呼喚
我看見了星星
縱然塵埃悉數落入我仰空的瞳湖
成了橫擺誤撞的舟影
星星見證了漣漪
我眼波中平和的渦漩

我匍匐
感恩地咀嚼
他人眼中堆砌的鄙視
掃集成鎮守我家廚院

一座飛來的飽暖

豐盈的栗末

漫天的星芒

塵埃

直教我蹀入黑暗

從不心怯

2000年

41

〈等待一棵無花果樹〉

可能有過那麼匆匆一瞥

彼此不曾相識而擦肩

錯過，我渴望有人

最終挺身而出

攜帶我靦腆的欲望

去瞻仰心儀已久

一棵

毋須開花

卻能果實纍纍的

神奇樹

繼續在內心茁壯一棵

面貌模糊但生機勃勃的無花果樹

繼續向外界鼓噪

繼續等待

在未遇見熟透的機緣

具體蒞臨之前

很多時候

我常幻想

卻遲遲、沒有
付諸行動

2001年

42
〈從街頭撿回來的話題〉

門扉砰然被推開

走進二、三個好朋友

二話不說，擠進

原本僅容納二人世界的茶局

天空亮著光

四下祥雲

寒暄過後

吾妻識趣離席

且戲謔、笑曰：

汝等繼續言論

妾身後院鍛鍊去

日後

或恐有求於我弱質女子

獨力起壇祈福

………

頓時

一片玻璃爆裂巨大聲響

自危坐的屋脊頂端

鑿穿屋瘠單薄的天花板

轟然直砸在
話題沸騰的桌几上
濺起狼狽的茶漬

各人無奈，私自從衣襟內
掏出
從街頭蒐集收編
一陣兵荒馬亂
醞釀多時卻宣告流產的飛沙走石
與一疊壯志未酬
私藏的骸片
悉數向外
扔棄

天空，何時塗竄改篡
鋪滿鐵蒺藜狀、有刺植物
陰霾詭異的顏色

2001年

走動 的樹　　108

43
〈替代〉

打開門

這飛來的巨岩果真一口氣

粗暴堵塞

每一吋驚魂未定

流竄的隙縫

巨岩說話：

歷史從我開始

從你閱讀的今日開始

巨岩說：

我是一個皇朝的趨勢

象徵、面貌、狀態

古銅團結的膚色

巨岩說：

我是巨大沉默的替代

你必須熟讀、認識

當下你耳濡目染的鳥啼

獸鳴、蟲唧、甚至匿居於枝葉間

風聲喁語，在我紋絲有序的

髮波
水乳交融

巨岩說：
你可以觸摸，切身體驗
我臉龐粗獷深刻的鑿痕
是唯一默契，你可以探勘
光源地帶
不信，你看
一種新清濡濕
謙謙禮讓的文化
正生機勃勃茁長

巨岩說：
走近我，閱讀我
從打開門這一刻
開始

2001年

44
〈晨跑〉

清晨
往返自迷宮公園深處
從家門開始

一二三四五六七……

怕是
突然無端想起
某些擦肩碰肘的陳年往事
漸行漸遠
忘了家門的遠近

許多言語無意造成的傷害
像燎原星火
在不屑回首的遼闊平原上
都成了無聲的雷擊
記憶中
各自觀望
不勝唏噓的焦土

數著同樣往返的腳步

從一二三四五六七……

開始

那是生命翻新

必然承受躞蹀厚重的數目

韻律愈長遠逾彌堅的

意義

每天

從一二三四五六七……

開始

2001年

45

〈慵倦天囡〉

我真想
卸減日常激烈動作
從此放下肩膀

我真想
把過目慵倦雲紗
輕輕柔柔摺疊

每次
總有一股無法安撫的鼓噪
慫恿當初爬上屋脊
閃過心頭，覬覦的張望
俯瞰
極目於曾經渴望
但懾於形勢
頹然折返而錯過
鑄成踰越不去的
一椿憾事

不想
每次

總是在趑趄處

與恣肆的風

碰撞

把原本直直挺升的原意

揉搓

成了他人眼中

槎枒錯雜的

巖巉

2002年

46

〈一首止癢的詩〉

曾誇下海口
每七年
給妳寫一首
詩，止癢

要妳堅信
我服膺重諾
一個男子漢本色
陽剛
且忠於婚姻

很多個七年
像無數次篡改
無法兌現的期票
我該　如何填寫拖欠
累積的利率
補倉支付的數目
一筆捉襟見肘的狼狽

不得不感謝
頻頻眷顧我的

財務狀況
拮据經年
我的癢始終無從發作
間接把妳推向
生活決堤邊緣而無暇
兼顧、追拷、逼問
我猥瑣遁形
的下落

2002年

47

〈一起去流浪〉

為了收留一隻

浪跡天涯的癩狗

我被逼同時豢養

一批批嗜血、匍匐前來的死士

透過嗅覺解讀

狗體遍佈

血肉模糊誘發的異味

強烈體會生命之可為

或否，或偶一為之而啟動

全身的任何動機

作為卑微但囂張的蚤類

俱足一格的韌性，任你

掐之以指甲，搥之以

鐵器，或灌之

以鴆液；任你咬牙切齒

仍無損於牠們，安身立命

處之泰然

活出鮮明豁達的自己

一隻閱歷豐富的癩狗

無視飢渴恣意淫辱

視富貴如浮雲

在牠窮途末路，最潦倒之際

仍不棄不離

以牠疲弱的體質，潰爛

遍體擴散未癒合

的癩痂，飼養如此絡繹於途的門客

體內依然暢流

永不言悔的鬥志

一般街頭喋血

猥褻的男歡女愛

等閒視之

念我平日耽迷物欲苦海

投鼠忌器，趑趄不前

有所必要向猥瑣的蚤類

學習如何共處一室

等待時機成熟

我將追隨這隻癩狗

與狗體上頻頻叫陣的蚤類
舐舔着鼻尖濡濕的嚮往
一起去天涯
流浪

2002年

48

〈我同意〉

對某些蓄意
拉長、扭曲事實
藉以持久保溫的
正義來說

是的，我同意

每座堵住、隔離的民房矮牆內
匿埋著大量形跡可疑的殘垣破瓦與容器物
注滿了陰森，煽惑
蓄勢待發的
肢體暴力

進入深夜
從隱約的嗆鼻，打嗝
聲中散發著一股邪惡的蠱詛
像匿附在狗體上
血腥的蝨類，無處不在
的氣油味

每張沓雜而至
從詞彙流亡的沙礫堆中
跨回來的冷漠與茫然
都可能是明日
街頭，一杖狂熱
嗜血的撲火飛蛾

這是反恐時代

對某些蓄意
鞭撻，壓榨，扭曲
極盡能事，維持高度警惕
藉詞粉飾正義
預設的角度
來說

是的，我同意

2003年

49

〈蟹與蠍之間〉

你在看我的詩嗎？
你在讀我的詩嗎？
你都懂了嗎？

我常從你窗口經過
有時是我
抖擻的肩膀，無意撞及
你朝外解讀的窗葉
有時是我刻意
慫恿戲謔的風
拍打你誤讀而緊拴的
窗扉

我真的不介意
最終被你調侃成
一隻狼狽、落單的
寄生蟹，流竄於諸多隱喻
怪石嶙峋之間
面對猖狂大海

略帶攻擊性質

排練

我倒喜歡，獨個兒

像一隻戰意鼓鼓的

毒蠍，鉤起紅燈籠般

虛掩的意象，蠆尾

高豎

臻至稱心快意，適身

但不至於

不勝寒的高度

2002年

50

〈草徑〉

請體諒我之所以
追鍥不捨地腳踩在那
無數次踩過
日漸沉陷的草徑上
我深切感受
我對生活的沉耽以及
身心與體積負荷所承受
的重量
與力量

我一生對城市森林的抗拒
始於懼高與暴食症
我知道深築的牆壁內
每一道
暗藏著無數窒息的圍勦
縱橫如網狀的鋼筋
掩覆不為人知的幕後
最終，我將葬身
被吞噬、消音、滅跡
像許多無名漸行漸遠的
巨樹，無聲逝失

千萬

千萬別

在我有生之年

預早抹淨我腳踩的汗漬

每一滴都是

蘸著生活欲望

不捨的依戀

2003年

51

〈決定留下〉

該不該開啟這道困擾多時
的夢境，我正醞釀下一趟
遠行，最終決定
留下

我知道這隱祕門檻
解咒術語匿埋之所在
（或者這之前，祕密
早已不是祕密）；像大多數
沉默，我止步或者跟進
無非只是在乎如何
維繫彼此隙罅之間的距離
讓夢與理想
共擁一片藍天，停止飄泊

隔著無常的陰翳
我一直無法窺透，這夢境
在紋風不動的門檻背後
詮譯一道橫擺的門栓
的隱喻，所謂煙霧密佈
看似封鎖森嚴，或者早已虛設

放棄再次遠行計劃

我，決定留下

鼓起巨大的勇氣

為未來，栽種一個夢想

取代之前無法臆測的後果

以撑撐

積極以待

2003年

52
〈寫詩與守夜的老癩狗〉

一隻閱歷豐富的老癩狗
對著一座空無的夜
突然騷動狂吠
其中原由
唯獨牠清楚

誰啣走線索
始終會原形畢露
像飢不擇食的狼隻
無意躪進羊棚
且勿論牠將如何突圍、噬走
心目中的獵物；騷動
異於一般亢奮的狐味
行將形跡敗露
驚動四際埋伏、巡逡
的嗅覺，展開
一場在所難免的追逐

我寫詩，亟其需要
與文字特有的敏銳性
保持靈光一觸

驚心動魄的交會

尤其在深夜

面對一座巨大空無

捉襟見肘的窘境

被閃爍不定的語境戲謔

扭曲成團呼呼喊痛

萬般無奈

幾近癱瘓潰不成軍之際

一隻瘌皮的老狗

適時出現

牠有意或無意的狂吠

正好劃破淤滯的時空

讓我抬眸

回神

照見來時路

2004年

53

〈清理現場〉

確定搬演的橋段

比預期更難掌握

我迅速越過

雙程往返的路堤中央

踩盡油門，更迭離合器

充滿變數的牙檔而轉速

一聲不吭

一意孤行

強權如你奉行圭臬的領導方式

封殺集體規劃空間

推翻所有出超的假設或可能

幾度瀕臨癱瘓

急轉彎邊緣

猛踩煞止器

狂野的焦躁隨著駕駛盤擺佈

捫心自問的手牽引

折轉回返逐漸冷卻

進入狀況後我留下

料理一具具支離破碎的意象

安撫遠非一般接位或者移植的
野竹叢、所能靈巧承受
天馬行空的想像體積
反彈折射
以人肉招架
冒然碰撞而狼藉的你

而我總是
不可理喻拂怒而去
最終礙於情勢而受挈
墮入你預設的帷幄之中
肩履契約
積極清理現場殘垣敗壁
一個充滿挫折感
不合時宜
獨善其身的理想主義者

2004年

〈拭窗〉

在未充分掌握任何線索

質疑河床淤礙

濁水高漲至或可供

貪瞋縱恣

或縱容匿遁之水位

導致事態、相關指責

尖銳浮現檯面之前

我、不宜置評

淺水撙捋最大的旨趣

莫過於靜雷處，太陽底下

親手捉捏、觸摸

仰仗巨肺沉潛

匿跡多時

一尾尾肥碩霸氣的泥鰍族

驚人的吞吐量

於茫茫人海

當人群不走向我

我繼續享用頻率不受干擾

的作業，確保窗明几淨

畫面
透明剔透

2004年

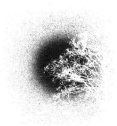

55

〈設立窗檻〉

非議他者擅弄徑口一致管道

擁護隱私權之同時

強勢詮釋各自流派精彩的行使空間

避免局部擦槍走火

我建議，設立權宜的箝制

有別於一般

家長式的一言堂

我監視他者之同時

我被監視

窗檻之所以設立

賦予檢舉

一概破空投擲進來的物件垃圾

申訴

並提出反建議

我被監視之同時

我監視

無非要我警惕、固定視線
恰如其分的位置
以及鏤刻透明高度於一般慣例
鑑定的尺寸
我無意混淆視聽
鵲巢鳩占

監視在被監視下如常進行
一切噪音行將止於智者
我循序跟進
無意包庇
踰越

2004年

〈虎口〉

請注意
那些
絞下車窗
斜裡橫出的
每一雙
金剛怒目

請注意
前後左右包抄
猛按汽笛，不斷
隔空，朝你猛戳
的中指

迎面或擦肩而來的
厲聲或吆喝
一具具、都是自願
謫下凡塵，前來與你結緣
剛烈的羅漢

懸繫你安危而來
的吉光片羽

2004年

57
〈挑釁〉

山
永遠巍巍然地
盤踞在、遠處
彷彿置身度外

從近處水光瀲灩
嚴禁垂釣的湖心
依然可見他軒昂
無處不在的倒映

一杖憤怒桓堁如我
凌空飛起
不起眼的僭越
一縱一躍的小動作
就可以戳破他偽裝的氣度
肺腑中禁忌容量

不信？待會兒
整座山拉響警報
四際狂風大作
遍佈草木，展開
沿戶地氈式搜索

那又能怎樣處置呢？
如果他不
御駕親征，趨近我
很快，我就隱入水底
追隨魚沫、擴散的漣漪
匿聲消失

2004年

58

〈趕路，回家〉

依時，把自己
擲扔在日復一日往返
不勝負荷的覆轍內

永遠置身處地設想，永遠
俗務纏身；行將過去
又躊躇不決

建議廢除繁文縟節程序
形同放下牽腸掛肚，交出坦蕩
扶疏持續下陷的河堤
貌合神離的兩岸
為日後暢行無阻
賞心樂事的橋塊奠基

為一幅清談、卻無從達致協議
的遠景。保留態度
我，當下之所以
不介入，止於觀望
的苦衷
哪怕車流量高峰期

不由自主地繞道
違章拐入暫禁通行區
肆意開發、抄捷的歧岔
引發無止盡的幻象

或有人衍文生義
純屬突發奇想
我只想、匆匆、趕路
回家

2004年

59

〈走失的詩或詩人〉

每一叢顧影自憐的
狗尾草
頻頻撥弄
跫音嬝嬝的餘燼
追問風：
上、或上上一趟遠颺的行程

三十年前
寫過的每一首詩
曾在待渡的河口苦候
年輕，擊水而來的撐櫓聲
最後都嬝成落單的前行
斷續的瘖啞

誰還記得呢？
絢爛的晚霞
在記憶中
都摺成折翼而火浴的紙鳶

一片天際飄落的枯葉
躺在微溫尚存的空谷裡聆聽

見證夕陽剛走
時間來過
風，帶走一些
大部分吟哦
自己走失

2004年

60
〈一直〉

——致前丹州中華獨立中學　陳傳弼校長

我知道您一直
在我踉蹌的背影
撥雲見日

我知道您一直
掃集散落在報章副刊
角隅的落葉，閱讀我
跫音的
遠近

我一直恣意揮霍歲月
以文字放浪的鍼芒
螫痛
每一季途中，迎面
與我撞碰的風，好讓您
循聲而至

您恆是一束
穿梭我午夜夢迴，靈魂深處
不棄不離的召喚，引導

探勘的光穗；心頭一抹

無聲掩至的驚蟄

春雷

我不得不快高茁壯

高至彼此回望，毋須

驚動山林，或撩撥，或撏撦

您砌築園藝之防風林

松濤期許的高度

回報您

卸下肩膀後一直

無私地掃集

每一絡

我恣意揮霍的歲月

在我踉蹌的背影

用心良苦

扶護

堆肥

灌溉

2005年

61

〈把剩餘的交還給時間〉

把剩餘的時間交還給時間
我坐下來
竊聽影子如何、躲在暗處
箭垛他人背後
事不關己的哀樂身世

不能全然歸咎於影子
我，亦經常如此踰越遊戲規則
無意放縱而促成
的罪魁禍首

如果說壓抑使然
來自我、對影子索需過多
移走光柱的束縛
不見得驢子就享有他脫韁
的喜悅

如果說之前的失落感來自
多年我自行其是的役使
不棄不離的羈繩
影子自有他舒緩或排遣

之管道，時間毋須為此置喙
硬要吹皺春水一池

把剩餘的時間交還給時間
臨行一併把燈火捻熄
我躡入黑暗
竊聽影子如何箭垛
他人牽強附會、揣摩與生俱來
的窺慾
極盡能事

2005年

〈記得回來〉

臨行

把記憶喚至跟前

囑咐再三

小心藏妥神色

勿洩露個中原委細節

鎖定回程

避免在歧見的岔口拖沓

延宕

不關乎獨行或

舉家攜眷

不關乎水岸或陸路

行程無從倖免

迂迴反覆必然，搖搖晃晃

嚼之無味必然、焚琴煮鶴地延伸

下去；「與其……」、「或者……」

「不然……」，繼續

沿途，無止無休牽絆

你只能撫著澆鑄未了的

壘塊，讓記憶壁壘分明地扶護

時間不遇

你仍要從容

回來

為下、下下一趟行程

準備

2006年

63
〈缺席的理由〉

建華邀我

共赴一場眾聲喧譁

的文學沙龍，天地

突然聳動，無故掀起

莫名的雷擊

駭得原本因利乘便

匿附、麇聚褌衣中

虛妄的蝨蠅

山魈旱魃

竄躥

作鳥獸散

要遊說自己走出

這葛藤交集

陰翳，不斷回潮

的黑森林，攀跨內心

奢望企及的另一座

風煦氣爽的高度

剖析、釐清、穿梭

藤蔓與樹木，百年來

糾纏紛擾之內憂外患

確實不易

更何況、長期濕地踽行
畏縮，靦腆的水蛭
空賦予牠異於他人
肥腴沉穩的吸盤
蠢蠕獨步於蜉蝣天地
高舉巨蠹的叫陣；一旦
要牠擅自涉及
另頻高層次跋涉
頻率不一的理論旱地
肯定人仰馬翻
如履臨兵燹禁界
魂銷魄散

或體諒水蛭有
牠踵決肘見的局限
涉世未深
不必強人所難

2005年

64

〈教育，另一種可能〉

不是說已擁有
亮度普及的熔爐
高瞻的體制，鑄冶拾級而上
的七情六慾
在旗旌招搖互軋的空間
既往不咎於塗聽道說
之泱泱大度嗎？

今天，我刻意
或蹲或站，卸衣
裸露，迎合你閱人無數的雄性
吆喝的鞭影，無非心存僥倖
藉意委身妾隨
揣摩你、言不盡意
的乾咳
從而潛入你
陰翳重疊模糊
的底線

如果倒施逆行是教育另一種可能
請蹂躪我，反方向

從我煙視媚行

污蔑的言行身教

質疑這一刻開始

動機，前所未有地

急速倒退

回返時間舐舔的遺址

重溫童稚、朗朗學語的純度

夾著風聲雨聲讀書聲

祭出教育最初

的尊師重道

縈青繚白的原味

2006年

65
〈鐘樓〉

為慶典揚長餘興的獠牙
給空曠遊蕩的草坪建築宏觀
的座標；讓歷史的鎂光燈
聚焦在某特定
的高度；為變臉
的政治，我們澆鑄
一座量身訂造
的典範

若干年後，我們回首
沿循著記憶傾斜
的攤口，繞過早期剝落的光環
曲庇著復辟意味的鐘擺
回顧一絡鬆綁、虛脫的禱詞
舟跡繞過滾燙的險灘
在冷河反覆勾芡，追溯
某人曾經在此
聲嘶力竭；某人
蟬曳別枝
不復舊曲新唱
面目模糊

惟他們當年登高一呼
的響徹
一直還在
一直還在

一如魅影幢幢的鐘濤
鑿穿記憶冷冷、昏聵
的樓脊之上
殛擊了我們姑息之同時
幽了我們
渾渾噩噩之
一默

2006年

66

〈日子有功〉

真的需要一把滌淨窳劣的刷子了
不然
剝蝕的歲月更有機可乘了

放下犁具
把逾期、無所適從的夢籽
一併回收風乾，明早
若遇見藉詞路過、形跡可疑
的鳥雀，不必過於惴惴不安
依時敞開窗牖，從善如流

非一定要與牠們一般
隨著虛妄的日暈而起舞
有智慧的不一定位居要津
獨排眾議不見得非
擇善固執不可
且由牠們逍遙自處

待我把沿著光之旋梯而下
蜉蝣的塵埃
擱置的扶手，剝蝕斑駁

的沮喪，一一拭淨
暗中監視，立場飄忽
瀆職的稻草人

放下犁具
以具體的沉默，斟酌苦衷
配合局勢，或無
負隅頑抗之必要，請勿驚動
尋常呼朋引類
穿牆入室
的鳥雀

早晚盥洗滌拭
勵志，日子有功

2006年

走動 的樹　　*156*

〈父親的拐杖〉

我看著父親長大
看他出門，沿途搜羅百家爭鳴
的道聽塗說，回來與家人
分享；最後一次出門
臨行前卻與自己嘔氣
矢誓
不再回來

父親一生毛躁、剛烈
不得志；但他手持拄杖時的神采
尤其晚近幾年，彷彿一介顧盼自雄的
遺老

隨著年歲增長，知識增長
我夸父
不悔地披上父親飽滿憂患的背影
襲承他雲遊未了
的遺志

每次出門，總是瞥見
父親遺留

的拐杖，踡縮在父親起居住行
陰暗的角落，像一道弔詭、調侃
折射的眸光，朝我
上下打量，神情
充滿了再出祁山的期待

想，父親最後一次出遠門
忘了隨身攜帶拐杖
日子
一定過得很瑟縮

2006年

68
〈面對〉

坦然面對，一支運輸部隊
跋山涉水
驢馱著動輒得咎的數據
延宕，拖沓
不可預設的期限

在每個天黑之前，他們
依時偃旗息鼓，沐恩於
程序繁縟而得以
在遞次的隙罅好整以暇地
舐舔，享用每天、一小截咨文
私相授受的酥酪與配額
如循序漸進卻不宣於口的
耽溺，坐擁憧憬

一吋一吋，我們慎重其事造勢
為節奏渙散的隊伍，再三
夾道恭候、逅迎行將蒞臨但
終究會
煙消雲散的一支曙光洗塵

2007年

69

〈今天開始〉

今天開始

要冗撥些時間

巡偵屋外一磚一瓦

與風沙長期耗損的防禦能力

與左鄰右舍建立

沆瀣一氣的互動

光顧從未光顧的店鋪

涉足不曾涉入的領域

聆聽過去、不相往來之士

侃談切身的夢魘

警惕性的話題

注意住宅

意識薄弱圍籬外

可否匿藏著鼓舌如簧

的蛇豕？假借社區

人口調查的名堂

施展隨棍上之詭術

注意巷尾，可有揮之不去

的魍魎？沿門派送

飛天的魔氈，與刮刮樂

注意隱祕的路口
可有過動的吠犬
餘興的鷹隼？飽颺飢附
躲在轉角暗處、叢林旁
設圈捕捉
高度崇尚自由
的鳥雀，或二、三
違規抄捷的鼠鹿

今天開始，上緊憂患的發條
留意每一小節疏忽
每一小步
都可能成為、被挾持的獵物
路遇閃爍的言辭
避免錢財露眼；小心門戶
注意來歷不明的野畜
登堂入室
散佈人心悚然
的過敏原

2008年

70

〈出門〉

出門時
囑咐每一扇窗門
悉心堅守防線

不要忘了攜帶尖柄的傘
傘內藏有預早替你摺疊的一面
展現效忠的旗幟，有防狼
的噴液器

出門，你必然會經過一條明亮
的通衢要道

注意，就在盡頭轉角處
有那麼一座妄自尊大
大鵬般陰鷙張翅
盤踞，俯瞰聚集遊行
所有出入
的思想，言行，與呼吸
的摩天大廈

那兒常有一朵徘徊不墜的靉靆
坐鎮的陰翳
除了要求庇護的濕黴菌
圍攏過來的災禍、流言
與鼠疫；陽光不可能在那兒
駐屯

深呼吸，此刻
快步衝出那片瘴癘煙霧
它是必經之路
緊握你的攜帶物
它們更需要你的保障、與承諾

朝往陽光最燦爛的
方向走，朝往人氣麇聚
的方向走

2008年

〈公園執法者〉

凌晨
一小眾，引氣令和
祥雲瑞彩般出岫
啟步運行
被三、五隻黑色
尖叫的聒噪聲、突如其來
展翅俯衝襲至的情景，懾怔

一群睥睨，猥瑣
顧盼自雄的侵略者
在此非常時刻，天色猶未亮
的公園
糾眾上演一幕喋血
警匪街頭追逐，對一隻
緊叮不放的
鼠屍、疲於奔命的癩狗
窮追不捨

儼然如一支責無旁貸的部隊
這裡，誰是誰的執法官？
誰在此越俎

代庖？當年
誰在這裡高喊烈火莫熄？
現在，他們在哪裡？

顯然這是一樁悲涼
卻無法釋懷
的遊戲；處在陰翳重疊的城市邊緣
平和的公園
持續暗較
角力

2008年

72
〈寫信〉

這是難以啟齒的事
我　　只好羞愧地給我的孩子
措詞委婉地寫信

他確是我的好孩子
他眼觀四面，耳聽八方
他善於捕捉氣色
他正努力讀書
同時，他正努力偷偷揣測我
密雲不雨的心意

除了四肢正常之外
他還有一隻隱形
不安分的怪手

那隻手
可以從書房不動聲息
穿越大廳，僭入雷鼾乍起的後堂
隔空把脈
蠡測我在戶外活動的
手氣

甚至在我驚覺之前
他搶先把儲放在廳堂
執家法的杖械先行
取走

我平日無法身教
深恐驚動附近鄰里鄉黨
不想毀棄他美好的前途
我只好給他
偷偷寫信

2008年

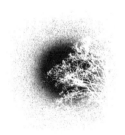

73

〈鎮壓〉

每趟睦鄰回來，天色未亮
父親，小心翼翼
把值班、霧氣未乾
的警棍意味深長地懸掛
在玄關，好教
輪值職守的風鈴不敢
擅離怠忽。父親知道
我必然尾隨躡至
把向外、所有的門扉和窗葉
輕快地掩上
不讓身後
的塵囂
多方撢撟的話題
悄然爬上飯桌

我虔誠地陪伴父親
把他剛從外頭擷取回來的陰霾
和風聲，重新篩選和攤晾
我，每次
把碗裡盛裝的飯粒
輕輕咀嚼，深恐一臉怔惶

無故的嗆咳，會牽動父親蹙緊
的眉尖
捲成風暴

父親沉默
躡入緊閉的黑暗中
很快就和瑟縮的寂靜融為一體
我依稀聽見
父親坐在不眠的骨甕裡
把玩著一塊穆肅，厚黑
被家族譜、世世代代咬著不放
的驚堂木

2008年

74
〈哀傷〉

對不起，哀傷她
只是一隻自艾自憐
隱形的精靈

只有和她在一起
我會覺得勇氣倍增

每次有親友、上門來挑話題時
她知道我就會藉故離席
偷潛入書房與她
耳鬢廝磨一番

就像我知道
我水蛭般的手指在
她全身上下
各敏感部位
按鍵上遊走時，她配合得
簡直就像
無故被抽送的初夜
身不由己地顫抖

我喜歡撫弄她那雙充滿
乞憐與哀求的眼神
充滿肆虐和宣洩
的快感

每次親友趨前來辭行
我發現自己
疲憊到幾乎快要
連揮手送行
的禮儀與力氣也
喪失了

就是那一刻、我回首
多麼渴望，能從她哀怨的目光中
獲取更多的寬容與
諒解

2008年

75

〈稻草人與他的火葬禮〉

活著，每一天
都是受難日

傍晚，田隴上
衣香鬢影，一群
不請自來為豐收而設
的火祭儀式
興致勃勃的雀群
圍聚在堆砌
枯萎的秸莖與稻草前
無視於我平日鞠躬盡瘁，仍落得
幾乎身首異處
鄙棄在草堆上的感受
反而對坊間一部
火紅，充滿假定性的情節
存意不明地討論
提出種種牽強附會
的臆測，企圖逼我對號入座

席間，我的近況
與飄忽的體重

與功績

被刻意高估

冠以最後一束

壓倒性的榮耀，莫名

與千里外，一頭素昧平生

的駱駝，在荒腔走板

的沙漠

戲劇化勾扯上關係

雖然意見分歧

最終，還是無法倖免

在字裡行間畫押

整座喧囂荒誕的過程

連稚氣未褪的秕穀

喧囂的火花

彷彿都感染現場

秋決的氛圍

活著，每一天

都是受難日

2008年

76

〈社區警衛〉

我常避開油燙的道路

抱頭躥入城角一隅

草坪附近的樹蔭下納涼

瞧見

一些越界壓境的殘枝枯葉

被祕密結社，洞若觀火的草尖

拘押檢舉

等待風來遞送

他們或許在表明態度

不歡迎所有不請自來的

天兵天將

塵囂，硝煙，或紙屑

甚至公然置疑

在道旁常年蹲踞，一排捧著熱臉孔

的樹木，包括常在眼眸中

釋解善意、無事獻殷勤的

你，或我

在治安不靖的日子

他們舉矛，搠探

向迎面而來的行色，形跡
非法入境的褲管或靴鞋
在大熱天
放著平坦大道
不走
的動機

（原題：「草坪」）2009年

77

〈不得不回來〉

不得不回來，一座
重新包裝的形態
放下身段
以更誘人的巧立名目
讓彼此、過去與未來
不計前嫌地擁抱
迓迎一支輕快鐵延伸接軌
長驅直入的城市

這其中突變，關鍵是某些
輪軸金屬疲勞，需要某些
緩衝的潤滑劑舐舔
與滌盪；某些
特定的契機與時速
需要斟酌，某些氛圍與道義
的罅隙需要葺修；而我
的處境剛好需要某些
調協斡旋
因應出軌的列廂需要
審時度勢，適時逮著了
稀釋彼此的敵意
的時機配套

在南部區域發展推介禮上
一座座巨大場磁鐵
四面八方，焦躁的人潮
從決堤的邊陲
絡繹湧入。北上或南下
來自沿途不同的月臺
我們不期而遇
卻從手持票根的剪戳孔
窺見了彼此的宿命
與無力感

隨著時間之嬗遞推移
早期所謂藏污納垢或清高
堅持，或負隅頑抗
可能或不可能，以今日之見
全不過是一堆
等待回收
的意氣
與破銅爛鐵

不得不回來，這座
繁花虛設的城市

2008年

〈傷害〉

以播音器之高分貝
面對面，坐在內陸
向沮喪的堤岸進行安撫
向越堤偷渡的浪花
宣戰

強調鏤刻、同舟共濟
的純度，一如
山洪的凝聚力
責無旁貸

重申，拯救隊伍的膚色
與善意，不容置疑

絕不姑息任何
在底線下苟延殘喘的駁浪
掀起危言聳聽，拍打
在視聽日漸模糊的海岸線
嚇走深海游弋的巨艦

口沫橫飛的承諾
拔寨挺進，高姿態的
賑災隊伍
鼓譟的聲浪
大量空投、逾期罔效
的救濟品，比決堤的潦洪
更具殺傷力

離棄家園的原住民
離散的蟛蜞，回頭
望見自己
棄守的危樓，累卵的窟穴
一吋一吋
淹浸

2008年

79
〈感謝恐懼〉

我最初遇見的恐懼
他是蜷縮在
某次，油鬼子躡足走過陰暗
的傳聞中
滿臉驚嚇的鄰家小孩

從那刻起，我發現
他一直躲藏在我影子
背後
有時我驟然轉身、作一臉無奈狀
他卻笑得陽光般抖擻

我不介意他
躲在我身後，甚至我影子
的背後，成為我二話不說
的後備影子

他是無惡意的，我知道
憑他靈敏的觸覺，時常
警戒地牽扯著我立場飄忽的衣袂
反而是影子，慢半拍似的

在突發的急轉彎處
跟不上我的步伐時
又無法緊急煞掣，總是
將處境弄得
狼狽不堪

朝不保夕的這些日子
他幾乎成為我的代言人
感謝恐懼

2008年

80

〈紅色圓郵筒〉

一支壯烈進行曲，走過
陰翳的山林
我噤聲的童年

然後是我
走過與父輩決裂
的圖騰，父親遂把南遷與北望
的遺志，激越
的煙硝一併塞入
寥落的紅色的圓郵筒
絕望，但高風亮節地遁入
飽滿憂患
的骨甕裡守望

我離開父親棄守的邊陲
遠走蒲公英族麇聚的他鄉
好多年後
在某個深夜，夢見
紅色圓郵筒
被喋血的鐵蒺藜五花大綁
擱淺在天色昏暗

流沙沼澤地，載浮載沉
張著張張合合的口，彷彿整個
陰翳圍駐的年代
向我呼喚

那扇厚重、從不輕易
啟開的圓郵筒，幾乎被擄劫
一空的腑臟
任由風、輕薄的手恣行無忌搓揉
能倖免的、僅存一把父親
當年仗以爬梳頭緒的梳子
以及一疊軍旅、向長輩報平安
被歲月彈劾
無法寄出的家書，如今
孤魂般無助

恍若隔世，像投閒置散多年
的父親，我已身化為他人
的父親，甚至是父親
的父親，回至他當年
鎮守的邊陲，殮收骨甕

冷卻的灰燼，重溫

那支激越的進行曲

背後決裂的憾事

微詞的餘溫，隨著我與

父輩分道揚鑣，繼續遷徙後

再也等不到

按址前來派送

的郵差，再也無人

知曉他們最後

的去向，我也無從

問起

2008年

81

〈二〇〇七年六月某個午夜，在居林〉

——與詩人陳強華共勉

我聽見沮喪的鐵柵

滑過，佈滿銹味的軌路

一如嗜睡的列車

穿梭乾澀的喉嚨，發出

轆轆的聲響

我聽見背後傳來

午夜主人微醺送客的叮囑：

要加油哦！

要幸福！

的確，需要加添些

潤滑劑了，這些時日的頹廢

與潮濕，不斷被返潮來回舐舔

舉足艱辛的輪軸，腐蝕的鐵軌

還有無力支撐體重的床褥

鬆垮的意志；曾經斑斕如

孔雀開屏的文字

一些，陷落在泥漿堆中

迄今尚未焗乾的詩句
當然還包括我
一直在原地
溺耽，重複襲用，一些我
開至荼蘼的意象

走下斜坡
拉開車門時我回首
感覺那道鐵柵
像一座胃腸緩緩蠕動的大山
你剛好在我仰瞻
的高度上
揮手

是的，明早我還要趕路
你還要繼續
要加油哦！
要幸福！

2008年

82
〈人在途中〉

我年屆六十
已無法預設太多承諾
除了寫寫詩
調侃自己

日後如果還有所謂的「機緣」
我希望依然是
行將臨蒞，但永遠不會
兌現的等待

我總感覺自己還在旅途上
享受上蒼御准的配額
那是歲月、無法從我手中
攫奪

很多人像我一樣
事不關己時總是寬容
尤其樂見一批批自願告老，總比
迴避一群退而不休的喋喋
更樂於包容
心存厚道

我樂見自己有先見之明
我樂於適得其所
擁有自己愜意
的抉擇

呵是的
我人還在
還在
行將抵達的旅途中

2009年

83

〈恐懼〉

自從無以名狀
的恐懼潛入我日常起居後
平日高枕在臥榻之上
擊筑放歌的雷鼾
儼然如臨大敵
面有難色

我唯有撐起壁壘分明
的燈火，交出坦蕩的腑臟
先從自亂陣腳的門檻清理
撤走鎮壓在玄關的百年禁忌
削去印綬，解僱平日倚重
其實早已哆嗦的
茶壘；門戶洞開
以高姿態
盛情款待四方愣傻了眼
的呼么喝六，借助涎皮賴臉
人多勢眾的暴戾與肆虐
如狼似虎地搜刮內心
每一吋
陰翳可能匿藏的角落

直到一班魍魍兒
光明正大地搬空屋內所有
的殘垣敗壁
唯有內心囊空如明月時
我想，色屬內荏的恐懼
也該無趣
悻然地走了

2009年

〈勺桶的宿命〉

他真想引刀一抹
從此擺脫兩下牽扯一生
的宿命

想與他撇清立場
疲憊的韁繩
又何嘗不作如是想

遭受埋怨
出賣他的心跡的漣漪也想
迅速發出澄清
不曾對他存有絲毫
迷戀與幻想

倒是驚嚇四濺的水花
像躥奔疾走的蟒蜥
無端告狀，喚醒
冥頑的前朝後宮遺老
死捉著年代湮遠的髮辮
打落水狗般奚落他

更要命的依然還是

勺桶本身

一旦掉入水裡

沒有了韁繩的扶持

載浮載沉

該如何涉過

這趟惡水

2009年

85

〈遲到〉

一如鴻毛般
的輕諾，竟然折騰我
幾近四十年，眼看
與他快意策馬江湖
連袂同行之時日
從此得以展開

「蹉跎歲月」
反被他一句輕描淡寫
狠狠地杵擊在我坦然
不設防的顱頂
引發巨大的渦漩震盪

回頭看他
枝繁葉茂
早已不動聲色
雙腳合攏深深戳入他
曾經踐踏
詛咒的土地裡

更讓我

恤惜自己的無辜

堅持自我流放

種種、所承受的委屈

我從未輕言放棄

我只是遲到

2009年

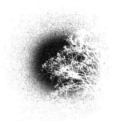

86
〈際遇〉

局限於自身學識上的貧瘠
我無奈地選擇
追隨一卡車違規
押解回廠的砂礫堆
途中聆聽
訓誡：要以悔過之心自重
絕對服從黑箱作業，且無權過問
在路肩，任何一項逾期
擴建工程的進度

以目前的處境，歸隊
無可倖免地讓我再度捲入
漿湧般滾燙的火浴
接受另一輪黑雨
狂暴的考驗，作為
鍛鍊意志，鏤刻團隊的凝聚力，一如
膠漆、完美滲透
的韌度和稠度

誰不想，在思想改造之前
可以擷取一客較客觀
舒適的環境

詮釋自己當時身不由己

導致自律神經失調

的窘態；落得如此悲涼的處境

是咎由自取嗎？我不知道

顯然一切請求或懺悔已是

不可挽回的遺憾

當我重來

我已錯過際遇

時間不在我身側

一枚粗俗、不起眼的砂礫我是

想像擁有一雙天馬行空的翅膀

潛意識本身已犯上無知

和愚昧；言論悖理

行為失檢

作為一片出岫的浮雲

我無所適從

作為一座眾志成城的山

我太浮誇；作為煙硝

我太反覆；作回自己

我並不快樂

2009年

87

〈量雨器〉

我從量雨器透明
的容器內，慎重地
傾量每隔二十四小時
涓滴下來的露珠和雨量
記錄，並加以
備註

一滴雨
或晨露的重量，在野簿上
比一座巍峨的山有時
更有氣吞山河
的想像空間；氣勢上有時
如一股貼地滾動、蓄勢
萬鈞的風雷

大自然空降的數據
比起陳年盤桓在會議室內的那幾座
口若懸河的名山巨川
氣勢磅礴的雄辯有時
更具煽惑、顛覆和
力挽狂瀾於不敗
的說服力

慎重地，我從量雨器

透明的容器內，傾盡

每隔二十四小時

涓滴下來的露珠和雨量

小心收集，記錄

並在後防鬆弛的野簿上

備註，以瑣碎的數字堆砌

構築一道屏障

暗藏一支

奇兵

2011年

〈風信鷄的靈感〉

挖掘與你身世相關
緣起緣滅的課題
在此地形勢、一座似曾小小
興亡的曠野
的路肩
空置的廠房的脊頂上

站著
想像地底可能是突然漿湧
的風暴;想像天空可能
是被能生假有的氛圍
包圍,在錯愕的雞啼下
爆綻成一夕磅礴
的驟雨

挖掘的想像可能來自我
長期供養的執迷和痴妄、卻無法
勘破風向和氣候無中生有
的變化;也許我可以顛覆
所有的想像,卻無法
滲透真相的來自
唯有挖掘……下去

唯有繼續挖掘

直到意義出土

才有機會站在事件愈探愈深

眾人聚焦的原點上

繼續研發出其他可能的課題

例如為自己

下一場翻身戰

鋪路

2011年

89

〈土撥鼠〉

始亂終棄的規劃
果真給這城市帶來應得
的災難，挖挖補補
胸腑之間看似
多了幾道舒緩廢氣
的繞道，卻無法徹底破解
長期在熱鍋中，被魘夢
圍堵在沸騰車龍內
的蟻群，一生
無法走出的魔咒

對路況進行朝令夕改
迷宮式築牆封路
更甚是相關部門各行其是
猶如放任成群目無法紀
的暴龍過境，恣意踐踏
沿途散佈殘存的建材、沙礫
如魅影幢幢的野塚孤墳
而一群游兵散勇的鐵筋
隱匿的暴民，轉入地下成了
四處螫人的土蜂和應聲而落

的鐵蒺藜；教舉步難行，漫天七彩
折翅的蟻群，覆蓋整座城市
的通衢要道，與耐性拉鋸
引發更大的恐慌，動輒以越位
插隊搶道。無不用其極

如此曠日持久，是不是
強烈意味著
在推諉文化滋長的大環境
內心深處有必要，各自
豢養一頭喪家之犬
一旦風吹草動
毋須鑑識前頭情況虛實
甚至真相未明之前
先行迴避

如此自我期許的行徑
果真是土撥鼠一生
貫徹的座右銘嗎？哪天在哪座
城市，因機緣相互繞道
與未曾謀面

不期而遇的土撥鼠
撞見，屆時會不會
猶如一縷無地自容
的鬼祟，撞見
崇高的牌坊

2011年

90
〈家務事〉

.

孤獨，明日天色未亮之前

請及時搖醒我

女主人臨走前

不是囑咐過嗎？在她

抵達家門前

每一扇落地窗簾

都必須換上新裝

要拭淨室內每片長青樹

稚氣的臉龐；要按時

餵飽餓了好多天

的洗衣機

免得

告狀

這幾天，寂寞大概玩瘋了

現在不知躲在哪個角落

一定要設法把他揪出來

他平日很黏人

他的眼神最不可靠

時常不經意洩露

祕密；記得

在女主人回來之前
務必把他暫時羈押收監
別讓他露臉
還有你安分點
靜靜給我守候在電腦螢幕前
不要有事無事亂獻殷勤
務必當心
別露出馬腳

可能會有一輪
催淚彈式的煙硝過境
可能只是一陣淨盟式
蜻蜓點水的靜坐
陰霾，會很快地過去
都會很快地過去
這數十年來我
就是
這般要賴地混了過來的

2011年

91
〈暗涉〉

首先，我
必須離開
自己長年潛修
的暗室

走向另一幢崛起的
新勢力，走過樓與樓宇
陰翳重疊之間，聆聽有待釐清的
罅隙和職責

經過新舊交替的建築物
看見黑暗中
有一群狼虎之徒，以醒覺之名
羈押另類、不合群
的朋黨
呼喝簇擁而來

在此骨節眼上，有人刻意
選擇遺忘局部遊戲
的潛規則：
下樓時，務請將扶手上

的指紋和拾級而下
的腳印
塵垢
抹淨帶走

此刻，連飄忽
匿藏在窗簾布背後的風
以不著痕跡的
小動作，頻頻觸碰拉扯我
的衣袂
彷彿有意無意，向一個新鮮
甫上位的
我
展示
最卑微
也有其無處不在
的力量

2011年

92
〈焦躁者和他的假想敵〉

我就是這般絞盡心機

自己走不出

錯綜縱橫的藍圖也就算了

偏要布穀鳥也有飛不出

曲折的幽谷嗎？

或者，我該考慮為它建築一座

比監獄更堅固、比宮殿

更舒適的窩巢

我、又彷彿什麼都

不是，不是藍圖首要執行

的決策人；也不是

掌控行宮的

萬能鎖；而此刻

卻希望

自己就是那隻永遠

不定性，又充滿占有欲

的布穀鳥

每天，看見牠飛蹤的身影

低空掠過我作息

的道場，以睥睨之姿
駐足在一支停放量雨器的
柱杆上俯視我的
踱步

或者早已無關承諾
是時候了
也該默許瘦削的量雨具
擁有蛇
吞象的腹欲，偶爾裂齜吐信
替我驅逐這天外飛來
的覬覦者

2011年

93
〈兩張並排的單人床〉

緊挨窗口
橫置並排
情慾高撐的單人床
兩張

上半夜
通常，我臥睡在內側
的那張
夢中輾轉醒來
發現
自己居然熱汗淋漓
牡蠣般緊嵌在另一張
靠窗
的壁殼裡。呵多麼不可思議
那可是怎樣的一座
波濤澎湃的臂灣，抑或
怎樣一座四下無人的陳倉
暗渡

沒有外遇在這裡
祕密叫賣，沒有

驚艷在這裡稍留片刻
我對自己行為負責
沒必要定期檢討內心窩藏
的綺思和慾念
與外在的誘惑。我或有
過盛的精液，但只
提供自娛，
不宜對外渲染

妻總是說
無事無事
有她在前線把關
再不允許任何
偷香者持有當年
八國聯軍瓜分契約
念頭的踰越城池
半步

多麼為難的事蹟呵！
自從她含辱簽下城下之盟後
逼使她忍痛把左邊

那粒乳房典當給

垂涎多時

的癌魔之同時，在我與她

在鋸肢的言語、詞彙

和割裂的肢體

隙罅之間

築起一道壁壘

分明的禁忌，更甚是

她懷疑我

或有通敵之嫌，生怕我

趁她

防線最脆弱時

再嚼走了她

果汁鮮美飽透，卻無法分享的

另一隻

像阿房宮那把火，焚盡

所有匿藏在隱喻

背後，我前線那片

國色生香

的夜行棧道，她說：

無事無事，我們
由始至終都是
一家人

2012年

94

〈不帶走一片雲彩的外祖父〉

遠在麻坡

峇吉里義山閉關

修煉四十餘年，突然心血來潮

的老祖父，不畏關山阻隔

星月兼程跑來探望我

城鄉鄰里雖換了新臉孔

還不至於難倒他

依稀模糊記憶

一些破落與他，舊相識的

街巷和房幢

的位置

特別懷念早年，門前

那條一個窪窿緊挨

一個窪窿，沙丁魚式擠滿

多元化

行為乖戾的碎石和焦頭爛額

的破磚塊，看似互相排斥

卻在淳厚的黃泥包容和磨合下

緊擁成一體

共赴時艱的天涯

路，夾道有排列喝采
的狗尾草叢；以前

窮鄉僻壤，視野和想像可以
紙鳶般低吟高飛，不像現在
平坦，卻寸步難行

過去，根深柢固的四代同堂
看似吵吵嚷嚷，雞犬
不寧，卻很有膠漆般沆瀣的凝聚力
不像現在，城鄉、街巷、房屋
和車輛，都規劃成了羈旅
他鄉流動的驛站
曾孫有自己的托兒所
兒孫也有一座自己屬意
的養老院

好在祖輩
有留下一紙藍縷篳路
的族譜堅守在源遠流長
的關隘，堵住了DNA

和基因的土石流，至少
流失的砂礫堆下，骨肉血脈仍
有跡可見

說著說著，突然仰天長嘯
推窗，一陣清風明月
果然是、老祖父蹣跚
但釋懷的背影
揮揮手
不帶走一片雲彩

2012年

95
〈返鄉之旅〉

時值今日，猶存有越州穿埠的欲望
未免太奢侈了
這回，只想把漫長八百公里
的鄉愁，以十小時的車程
慢慢，啜舔成一杯道地
濃濃化不開
的原鄉土味

途中的景觀，依然是舊時
比寂寞還長的海岸線，偶爾
一處、二處村落
隱隱約約飄來息若游絲
的傳統民俗樂器
和發展的覆轍
輾轉殘存的煙硝
像寥散的浪花，比煙花還輕
的歲月互喚彼此遠去的乳名
跫音
和年代對峙磨合
的隙罅；一些、二些失守的灘岸
修復的遺跡

像蒸發的空氣、縈繞不去
的鹹魚腥味；二叢、三叢
似曾相識的灌木
一棵、二棵站穩崗位
與季候風襲擊頑抗
殘喘的椰樹；偶爾穿梭一座
二座趕時髦的郊鎮……

倒是鑽油台，
這新貴，八爪魚般
霸踞在海面，公然點火
戲諸侯；過去牛羊聚居
的草地
和收割季節的田隴
如今已是坐擁笑聲
車群如妾的前院

說著說著，把記憶吵醒了
說著說著，時間也跑回來了
說著說著，似乎逮著了泥鰍般
童稚隱匿多年
的尾巴

久違了，剛度過寒冬

解禁歸來重操祖業卻

處處受肘於人

的皮影戲；和猶抱琵琶

半遮臉的Dikir Barat

張口一腔

濃稠得化不開的土音

充斥手捲的草煙

嗆味彌漫

劃過豐收後的田隴

劃過匿藏Pontianak

的黑竹林，劃過油鬼子

穿牆走壁的魅影

我童居蛇影幢幢

的後院……如今，遺音

渺渺；環伺四下

發覺沿途悄然

增設一些人為新禁忌，一些

路障的告示，一些明修

暗渡的政治隱議，一些必須輕騎

繞過「豬」或血淋淋
「牛頭」事件、敏感字眼
的底線
不得莽撞

惟不受州屬情結羈絆的風最可人
不辭道途遙遠，從新山，關丹
直到登嘉樓，吉蘭丹邊界
一路尾隨，頻頻把臉
擠貼在車窗外
央求我搖下車窗鏡
伸出手肘，臂彎
好讓她窩蜷
哼哼兒歌
給我
聽

2012年

96

〈我和我的聊齋、夜〉

是我把自己推至靠窗角落

無端招惹白天

暴殄，飢渴如火的磚牆

在夜深無人時頻頻

拋送、令人無法消受

的雄性沙漠；更甚是

夜窗後房外為他人

站崗的燈火，是變態

忽職的窺覬者，千方百計想從

不設防的窗檻斜角

躡進，骨爪雪白森冷地

飄附、嘲弄在我床頭

三尺之上、神靈待寢前的日常

作息

想必前世我是那介

紛沓、誤入歧途的

窮書生，宿孽太重

霧障太深，終得由今生

來償還，只好漏夜移步

重返蘭若寺，在傾圮

橫梁下，重新鋪設床位
再次目睹傳聞中那位長髮
飄逸獨行，愛盪鞦韆
以懸梁為樂的善女子；喜是
她念舊，發覺我是她轉世
回頭，再續前緣的薄倖
男子，二話不說
逕直解開纏頸的綹絹
飄了下來，以她呵氣如蘭
一片白茫茫，冰沁如薄紗
的軀體語言覆蓋我
守護我的疲憊，我豈能
不動之以情
與她繼續旖旎纏綿
夜夜共枕
至天明

2012年

〈火焚場，盡頭〉

好多年後
我在浩淼的舊報堆內
無意翻獲一份
有關父親
的訃聞

父親是在眾聲喧囂的街頭
被無名的昏眩埋伏
眾目睽睽下
被一小撮狼虎之徒吆喝
強行擄走
在未經斷層掃描器的提控
任憑昏瞶的聽診器的指控
後期更不堪病歷政治化
與莫名的鼻咽癌
劃上同等句號
深感萬念俱灰之餘而萌起
隔世隱匿之念

以今日之見
重讀當年父親陣營內

充斥狐死狗悲的文告，以及
親友們齜牙咧嘴
的弔慰語，我開始置疑
黨性
和成員黨之間
的誠信與忠貞，是否
經得起隱議背後
蜚短流長
的考驗

父親一生寡斷，拘謹
與我的乖離莽撞，顯然
各走極端，或逼於無奈
父親毅然卸下論功行賞
的配額，仰仗下半生吊水涓滴般
的糧餉，接受皈依的輔導
與祝福，沉默地追隨
誦經隊伍護送，來到盡頭
的火焚場，悲壯地
騎上送行的焚鶴
往烱烱的火爐內縱躍
絕塵而去……

父親走後
遺下我一人
獨享人間魍魎魑魅
與悲涼

2012年

98

〈惡習〉

呵不能
不能再縱容
無數次回收或襲用
破意象與爛隱喻
的惡習，為自己的惰性
尋找下臺階

文字本身經常會散發
一股焦躁或過於抑鬱
不斷返潮的濕氣，像一灘
滯礙，無從注入新意流動
的死水；一些僵硬
衰竭，慣性思維
有跡可尋的裁剪法，一如
食髓知味的慣賊行徑
在日常往返
的蹊徑中，在明眼人
未放出獵犬
之前，深嵌在泥沼鬆土
一步一腳印，無所遁形
的蹄騷味，早已敗露了

肆虐者、黔驢技窮
的行蹤

呵那
絕對是無從抵賴狡辯
且不堪一擊
的空門
死穴

2013年

〈一方水土〉

門外有窸窣翻飛的
去了又來
來了又去
輕盈如彩蝶
的跫
音

她是我元氣的守護神
她是我家園綠色的戀人
她是我回魂的
深呼吸

此刻她聽見我在房內
臥榻之側荷鋤
栽種震聵的雷鼾，她知道
我正起壇作法
我在點將臺上操兵排陣
將手中的文字
撒豆成金
為了下一季豐收努力
她忙於房外收集陽光

風聲和雨水
她忙於隔牆，竊聽房內
雷鼾起落聲中
可有哨兵從前線傳捎回來的捷報
為營造一方水土的氤氳和精彩
增添慶典的氛圍

她知道一切如昔
一切還在
不欲長醒的征途中

2013年

〈後記〉
寫詩

1

四十八年後的今天，回顧我走過的文學路，彷彿一切冥冥之中早有安排。比起一些人我覺得自己是那麼幸運，總是在對的時間遇到對的人，在對的車站進入對的車廂，這一逛竟然逛了數十年，彷彿沒有回頭路，又恰似錯過車程卻又沒人催我下車，我也樂享其成。

我的寫作道路起步，應從六五年從一次心血來潮投稿參加《少年樂園》月刊徵文比賽，發現有一個叫「江振軒」的少年寫作人，與我同時列入該項比賽、優異獎名單中，當時因為覺得名字很有英氣，所以從那刻起，在我腦海裡留下深刻印象。不過，說來有點遺憾，時至二〇一五年的今日，我仍與江振軒本尊，緣慳一面。

一九六七年年頭開學，我留級念高一班，準備重考馬來西亞政府初級的文憑考試。我讀的那所學校是吉蘭丹州屬內唯一的中華獨立中學、也是當時西馬來西亞之東海岸、由吉蘭丹，登嘉樓和彭亨三州境內華裔與國內善心教育人士，群策鼎力籌資創立唯一的一所私立中學，主要目的是給那些每屆參加小六政府文憑考試，升學無門的落第生，提供一所繼續深造中學的管道。

在同年學校開課不久，校園內來了一位比我高一年級的插班生戴錦銘同學。此子非常勤奮，有幹勁。他除了常在報章或學生刊物園地投稿，還常在校園各班級，不停推售星馬港臺的文學書籍，甚至連哥打峇魯市內僅有的兩間中學，即中華和中正國民型中學校園內也馬不停蹄地招徠無誤，間接為我們幾所華校中學生開啟另一扇清新文藝的窗戶。我記得當時我一口氣跟他買下三本詩集，即淡瑩的《千萬遍陽關》、畢洛的《夢季，銀色馬》，和施穎洲的譯詩《世界名詩選譯》。以當時的狀況，我不折不扣是一個廢寢忘餐，終日耽溺在一片刀光劍影中的武俠小說的書癡，在他的推薦下，竟然著了魔似的而突然買下這些在平日都不想碰的詩集，連自己也覺得匪夷所思，難以置信。

就在那年二月間，我在哥打峇魯市內遊蕩，在一間「上海書局」前停下腳步，隨手翻閱擺報攤上一本名為《學生周報》之刊物，翻至文藝版內頁有一欄「詩之頁」內，居然讓我眼前一亮，再次目睹到「江振軒」這個名字的蹤影。當時我心想既然「江振軒」能寫詩，我當然也行。為了不甘示弱，展示我也能寫詩，就把該期學生周報買回家，立刻從自己書櫥內找出當時僅有收藏的三本詩集，而其中又覺得淡瑩的《千萬遍陽關》詩集內的文字，最能俘獲我心，故視之為當時所要模仿的第一對象。皇天不負有心人，不出數日，果然讓我成功如法炮製出了平生第一首詩：〈初戀于四月風雨中〉。最讓人意想不到的是，此詩寄投出去後，居然被該刊編輯青睞，很快地刊登在《學生周報》第五六四期之「初戀專題」內。

更萬萬沒想到，這一回的誤打誤撞，為我敲開了《學生周報》編輯部的大門後，沒多久居然收到《學生周報》編輯李蒼的來信邀稿。信中語多鼓勵和讚賞，並要我繼續創作，為風雨飄搖的馬華現代詩壇共同努力……。當時，自己心想我何能何德，如何配得起充當一名詩壇先鋒呢？因此，我內心雖然狂喜，卻不為之所動。當時的編輯李蒼似乎不死心，一而再來信催稿和鼓勵，我一時詞窮口拙，不懂如何回應婉拒，又覺得他盛意拳拳，只好勉為其難回到書桌上，絞盡腦汁把第二首詩：〈迎風小立〉完成。太出乎我意料之外，這首被刪改得雞毛鴨血，慘不忍睹的東西，竟然還能刊登《學生周報》第五九三期封面之「文藝專題」、這麼彌足珍貴的版位上，若不是看到詩題下面，清清楚楚映入眼簾的是「左手人」三個字，我簡直不敢相信自己的眼睛，但它確實在我面前發生了。從此之後每接到李蒼的來信，立刻乖乖回到書桌上、卯足腦力孵詩擠靈感，以期回報知遇之恩。

不久李蒼去了臺灣留學深造，我繼續在悄凌的庇護下磨筆練劍。想起年少寫詩時，尚未摸清何謂現代派，何謂現實派，也就從未去理會什麼派別之分，純粹只是逞一己之能。那時候初寫時無人在旁指導，自己也只好瞎子摸象，暗中孤獨摸索。所幸遇到當時歷任《學生周報》編輯都是有心護航之人，如悄凌，周喚，黃學海，張錦忠等人，在沿途上相扶相持與邀稿，我自己內心又藏不住虛榮好勝，立即投桃報李。就這樣長年累月，最終給我練出一身不知天高地厚的膽識和一張厚臉皮來。回想我這一生寫詩最快樂和最緬懷的時

光，俱數在《學生周報》與《學報》月刊發行的那些年代與歲月裡。

2

近期的日子過得有點鬱悶，有感於詩源漸竭，力不從心。復覺得繆思喜新厭舊、總向年輕人靠攏；再加上年歲增長，步入哀樂壯年，於耳際頻傳親人故友的噩訊，覺得生命無常。眼看一些陸續從職場退役後，平日呼之即來，揮之則去，常在一起茶敍聚餐，互相調侃的老友儕們，突然悶聲不響，一一撒手離席，在心頭難免纏繞著一絲絲後壯年的悲涼和無奈，深怕自己一轉身，跟著從此天涯海角似的；也開始杞人憂天，暗中萌生該為自己身後事作一些未雨綢繆的盤算，覺得有些事必須趁早做，例如為自己出版這麼一本詩選，趁腦袋還清醒的時候進行，不假手於人。

在這之前，我還雄心勃勃，希望能在有生之年，繼續完成第三百首詩之後，先出版第三本個人詩集，然後，才給自己弄一本五十年詩精選。我甚至連第三本詩集書名都已擬好。但沒想到這構思，後來卻因種種機緣而起了變卦。如此一來陷第三本詩集於兩頭不討好的窘境，很可能就像我在二〇〇八年有一首詩〈人在途中〉，這樣寫著：「……行將臨范，但永遠不會／兌現的等待……」，但念及凡事皆各有其因緣，且看日後的際遇與變數，隨緣吧！

經過這些日子的篩選，我有意將這四十八年來、斷斷續續寫了將近

兩百七十首詩，包括大部分已收集在之前兩本詩集內，和一些尚未結集的詩當中，慎選出滿意九十九首，而不是完整的一百。我之所以有這樣的安排，無非想藉此繼續鞭策與叮嚀自己，此生詩緣未了，好讓自己對未來有所期待。

擬了好幾個書名，最後決定把這本詩選定名為《走動的樹——黃遠雄詩選1967-2013》。這本選集內的每一首詩，都是我個人較偏愛（雖然不一定是最滿意）的作品。每一首詩都曾經緊貼著我生命中某段記憶，能讓我回想到自己當時身在哪裡，人在做什麼，為何而寫？再者，選集內的每一首詩依舊按照我喜愛的方式，以創作年月的先後，或發表的時間以接力的形式，銜接排列成一條時間長河，好讓我假以時日，憑依我愜意的高度俯瞰、自己曲折逶迤的來時路。

上天一直對我特別眷顧，在二〇一一年四月初賜予我的一份最殊遇之機緣，終讓我有機會在馬來西亞南端城市新山，重遇一位闊別四十餘年的風雨故人，一位在我一生詩途上，最重要的人物，李有成博士（也即是當年的編輯李蒼）。這次能與他重逢，正好也讓我逮著機會，呈上我筆耕四十有年的成績單。由他審核過目，再將序文一事交付予他寫，成了一項順理成章之美事，圓滿我此生一樁心事。

3

最後，要感謝我的愛人同志，從她讀我第一首詩起，一直陪伴我身

側。感謝她在我兩度事業滑落谷底時，無怨無悔，為我持撐著另一盞燈火照亮，讓我心無牽絆地彳亍獨行的文學路上。

要感謝馬來西亞吉隆坡「有人出版社」的責任編輯曾翎龍先生，在二〇一四年十月為我出版此書。

更要感謝「寶瓶文化出版社」的總編輯朱亞君小姐熱心的推薦和牽引，終讓此書得以在臺灣出版。

二〇一四年六月十五日完稿
二〇一五年八月八日重修

國家圖書館預行編目資料

走動的樹──黃遠雄詩選1967-2013／黃遠雄
著. --初版. --臺北市:寶瓶文化, 2015.09
面；　公分. --(Island；246)
ISBN　978-986-406-029-0（平裝）

868. 757　　　　　　　　　　　104018473

island 246

走動的樹──黃遠雄詩選1967-2013

作者／黃遠雄

發行人／張寶琴
社長兼總編輯／朱亞君
主編／張純玲・簡伊玲
編輯／賴逸娟・丁慧瑋
美術主編／林慧雯
校對／賴逸娟・劉素芬・陳佩伶・黃遠雄
業務經理／李婉婷
企劃專員／林歆婕
財務主任／歐素琪　業務專員／林裕翔
出版者／寶瓶文化事業股份有限公司
地址／台北市110信義區基隆路一段180號8樓
電話／(02) 27494988　傳真／(02) 27495072
郵政劃撥／19446403　寶瓶文化事業股份有限公司
印刷廠／世和印製企業有限公司
總經銷／大和書報圖書股份有限公司　電話／(02) 89902588
地址／新北市五股工業區五工五路2號　傳真／(02) 22997900
E-mail／aquarius@udngroup.com
版權所有・翻印必究
法律顧問／理律法律事務所陳長文律師、蔣大中律師
如有破損或裝訂錯誤，請寄回本公司更換
著作完成日期／二〇一四年
初版一刷日期／二〇一五年九月
初版一刷日期／二〇一五年九月二十五日
ISBN／978-986-406-029-0
定價／二六〇元

系列：Island 246　　**書名：走動的樹——黃遠雄詩選1967-2013**

感謝您熱心的為我們填寫，
對您的意見，我們會認真的加以參考，
希望寶瓶文化推出的每一本書，都能得到您的肯定與永遠的支持。

1. 姓名：＿＿＿＿＿＿＿＿　　　性別：□男　□女

2. 生日：＿＿＿＿年＿＿＿＿月＿＿＿＿日

3. 教育程度：□大學以上　□大學　□專科　□高中、高職　□高中職以下

4. 職業：＿＿＿＿＿＿＿＿

5. 聯絡地址：＿＿＿＿＿＿＿＿＿＿＿＿＿＿＿＿＿＿＿＿＿＿＿＿＿＿＿＿

　　聯絡電話：＿＿＿＿＿＿＿＿＿＿　　　手機：＿＿＿＿＿＿＿＿＿＿

6. E-mail信箱：＿＿＿＿＿＿＿＿＿＿＿＿＿＿＿＿＿＿＿＿＿＿＿

　　　　　　□同意　□不同意　免費獲得寶瓶文化叢書訊息

7. 購買日期：＿＿＿ 年 ＿＿＿ 月 ＿＿＿日

8. 您得知本書的管道：□報紙／雜誌　□電視／電台　□親友介紹　□逛書店　□網路
　　□傳單／海報　□廣告　□其他

9. 您在哪裡買到本書：□書店，店名＿＿＿＿＿＿＿　□劃撥　□現場活動　□贈書
　　□網路購書，網站名稱：＿＿＿＿＿＿＿＿　□其他

10. 對本書的建議：（請填代號　1. 滿意　2. 尚可　3. 再改進，請提供意見）

　　內容：＿＿＿＿＿＿＿＿＿＿＿＿＿＿＿＿＿＿＿＿＿

　　封面：＿＿＿＿＿＿＿＿＿＿＿＿＿＿＿＿＿＿＿＿＿

　　編排：＿＿＿＿＿＿＿＿＿＿＿＿＿＿＿＿＿＿＿＿＿

　　其他：＿＿＿＿＿＿＿＿＿＿＿＿＿＿＿＿＿＿＿＿＿

　　綜合意見：＿＿＿＿＿＿＿＿＿＿＿＿＿＿＿＿＿＿＿＿＿＿＿

11. 希望我們未來出版哪一類的書籍：＿＿＿＿＿＿＿＿＿＿＿＿＿＿＿＿＿＿

讓文字與書寫的聲音大鳴大放

寶瓶文化事業股份有限公司

（請沿此虛線剪下）

寶瓶文化事業股份有限公司　收

110台北市信義區基隆路一段180號8樓

8F,180 KEELUNG RD.,SEC.1,

TAIPEI.(110)TAIWAN R.O.C.

（請沿虛線對折後寄回，或傳真至02-27495072。謝謝）